中公文庫

惚れるマナー

中央公論新社 編

中央公論新社

目次

惚れる
マナー

ホッとする
会話の
マナー

あいづちのマナー

小島ゆかり

あいづちを打つのは案外むずかしい。こう書いたところで、にわかに不安になる。そういえば似た言葉で、「合いの手を入れる」というのもあるなあ。「あいづちを打つ」と「合いの手を入れる」は、どうちがうのか。

手元の辞書によれば、「あいづちを打つ」は、相手の話に調子を合わせて同意を示したり、うなずいたりすること。対して「合いの手を入れる」は、人の話の途中や事の進行中に、別の言葉や動作を挟むこと。つまり、前者は相手に応じる感じで、後者は横からさし挟む感じ、と言ったらよいか。そうか。だから、あいづちは「打つ」で、合いの手は「入れる」のだ。

ところで、相手に応じると言っても、じっさいには、さまざまな場面に出くわす。

自分にはあまり興味のない話題を相手が熱く語っているとき。

かなり辛辣《しんらつ》な誰かの悪口であるとき。この場合は、悪口の対象が自分の知っている人か知らない人かによっても、微妙に異なる空気が流れる。

相手がやたらに謙遜《けんそん》したり卑下《ひげ》したりするとき、また、そうかと思って聞いていたらじつは自慢だったとき。

なんとか慰めの言葉をかけたいけれど、ナイーブになっている相手を傷つけないようためらうとき。

自分はさほど気にしていないことを、勘違いされて善意に満ちた励ましを受けたとき。

さらに、すてきな提案だとは思うものの、じゃあ一緒にやりましょうと言われるとちょっと困るなあというとき。

人生も人間関係も、むろんあいづちも、なるべくシンプルにしたいのに、現実はなかなか悩ましいのである。

一方、自分が話し手であるときはどうだろう。やけに調子よくあいづちを打たれると、かすかな疑念が湧くし、かといって、ただただ黙っていられると、ひどくさびしい気分になる。「わかるわかる、じつはわたしもね」と同意してくれた相手の話を聞いてみると、「それはちがう。わたしが言いたかったのはそういうことじゃない」と、かえって虚しい気持ちになることもある。まったくもって人間の感情はややこしい。

つい先日、初対面の人になぜだか（本当になぜなのか）、悩みを打ち明けてしまったとき、最後に「少しは楽になりましたか」と言われ、大いに感動したことがある。その人は、ずっとわたしの眼を見て話を聞き、話が終わってから少し間をおき、とても静かないたわりに満ちた声でそう言ってくれたのだった。

しかししかし、もしかしたらあの人は、他に言うべき言葉がなかったのかも……。

聞き上手のマナー

ねじめ正一

仕事柄、雑誌やテレビの対談の依頼を受けることがよくあるが、私は、対談が苦手である。相手とテーマを共有しながら、テーマに向かって相手と話を少しずつ積み上げていくのが、苦手なのである。用意してきた話は述べることはできるが、対談の中で考えていなかったことを質問されたりすると、前のめりになってあたふたしてしまう。

つまり、芸人でいえば「返し」ができないのである。機転を利かし、相手と積み上げてきた話の一歩先を読み取り、論理的に展開させていくことができないのだ。それは、ひと言で言えば頭が悪い、科学的には左脳の未発達なのかもしれないが、要するに、「人の話を聞いていない」のだ。相手の話をきちんと聞かずに、自分のことばかりを言っている結果だということに、最近やっと気付いた。

私は、我が家では妻からも娘からも「オレオレちゃん」と呼ばれている。オレ（自分）のことばかり言っているからである。妻には「あなたの話を30分聞いたんだから、今度は私の話を30分聞いてよ」と言われるし、娘には「今、私の話しているの。お願いだから、ちょっと自分の話はそこに置いておいて」と言われるし、可愛い4歳になる孫にも「ジージ、黙ってて、ウルサイ」と言われる始末である。

この間も、妻がもの凄い勢いで、「あなた、これ何よ！　自分のことばっかり喋《しゃべ》ってて、ゲストの南《みなみ》さんに話をちっとも差し向けてないじゃない！　また、オレオレね」と、一冊の雑誌を私に突き付けてきた。

かなり前に、イラストレーターの南伸坊《しんぼう》さんと対談した雑誌だ。読んでみると、ゲストである南伸坊さんは誌面の3分の1で、私の話が3分の2も占めていた。対談している時は、今日は南さんがゲストの対談だから、「オレオレ」にならないように気を付けていたはずなのに、やっぱり、喋り過ぎている。「南さんと話していると安心して、ついつい喋ってしまうんだよ」と、妻に言い訳をしてもダメである。

それにしても、南伸坊さんは聞き上手だ。それも、ただの聞き上手ではない。話している人が気分良くなる相槌《あいづち》を打つ聞き上手な人は、世の中に沢山いるが、南さんの聞き上手はそれだけではない。こちらの話をしっかり聞いてくれるだけでなく、言い足りないことを汲《く》み取り補ってくれる。その上、おにぎり顔でニコニコとキリンみたいに静かに向き合いながら、私の行きたい別の世界＝南伸坊の世界にちゃんと連れて行ってくれて、気分良くしてくれる聞き上手の名人なのだ。考えてみれば、南さんの師匠の亡くなった赤瀬《あかせ》川原平《がわげんぺい》さんは聞き上手の神様だった。〈十月の我が家に一人聞き上手〉

電話のマナー

小島ゆかり

「もしもし、お忙しいところたいへん失礼いたします。わたくし、○○と申しますが、このたびぜひともお伝えしたいことがございまして、お電話させていただきました」

　ははあん、この話し方はセールスの電話にちがいない。

「みなさまのお引き立てにより、当社は三十周年を迎えることになりました。心からお礼申し上げます。つきましては、みなさまへの感謝の気持ちといたしまして、特別感謝企画をご用意いたしました」

　もうこれ以上はないというほど、感じのよい声の出し方で、かつ有無を言わせぬなめらかな言葉運び。いかにも訓練された電話セールス・トークである。しかしなぜだか、感じがよすぎると逆に感じが悪い。その感謝企画の説明が始まる前に、お断りして電話を切ったので、当社とは何の会社なのか、わからずじまいだった。会社の説明よりまずはお得情報を、というマニュアルなのだろう。

　電話を切ってから、少しだけ胸がちくんとする。ずっと以前、わたしも電話セールスのパート勤めをしたことがある。家計がもっとも苦しかった三十代の終わりごろ。小学生用の教材の電話セールスで、まもなく小学生になる子どもがいるお宅に次々と電話をかけ、「お母さま、お受験はもう始まっています」と言うのだ。これ以上はないというぐらい感じのよい声の出し方を心がけて。相手の方にはきっと感じが悪かっただろうと、今でも思う。

「お母さま、お受験は」と話しかけながら、本当のところ「見ず知らずのお宅にいきなり電話をかけて、お受験って……」と、みずから辟易《へきえき》していたわたしの営業成績がよいはずはなく、この仕事は向いていないわと早々に辞めた。

そもそも電話は、突然なのがよろしくない。料理の途中（あまつさえ揚げ物の最中）や、もう待ったなしの遅れた原稿に取り組んでいるとき。大事な書類が見つからずにあたふたしているときや、ようやくとっつかまえて猫の爪を切ろうとしているときにも、電話は鳴り出す。なぜ今？　空気を読みなさいよと言いたいけれど、万が一、電話の向こう側から空気を読まれたりしたら、これは不気味だ。となると一体どうすればよいのか、わからない。

「あなたは家族とか猫とかいっぱいいて、さびしくないからよ。セールスの電話だってうれしい人はいるのよ」

たまたま電話でこの話をした友人が、言うではないか。

「いや、さびしい。人はみんなさびしいのです」

「あら、さびしいから電話してきたの？　今、久しぶりに息子が来てるから、その話こんどでいい？」

それは失礼しました。

やはり、電話のマナーは難しい。

コミュニケーションのマナー

松任谷正隆

SNSで悩む娘、いや孫に「そんなものやめてしまいなさい」と言ったことのある方々は結構多いのではないか、と推測する。悩むくらいならやめればいいのに、と思うのは当然である。けれど、昔のことを思いだしてほしい。電話が一家に1台だった頃、呼び出し音が鳴るたびに親に干渉《かんしょう》された経験は多かれ少なかれあったはずだ。

「誰なの、こんな遅い時間にかけてくるなんて！」

でも、そんな干渉をする親だって電話のない時代、手紙のやりとりで苦労していたことを知っている。やれ、手紙を勝手に開封しただの、差出人が誰なのかだの。

それぞれの時代、悩みもそれぞれ。それはいつになっても変わらない。プライバシーとはいったい何なのか。でもそれよりなにより、当事者たちの手紙のやりとりにはそれなりの、電話のやりとりにもそれなりの悩みがあった。それは相手からの返事を待つ時間によって増《ぞう》幅《ふく》された。まあ、これは今でも変わらないな。

ただ、違ってきているのはタイム感だ。手紙の時代は郵便の回収、配達の時間を諦める必要があったし、電話は仕事中ならかけられない、という現実を受け止めなければならなかった。もちろん深夜の電話は一人暮らしでないとなかなか難しいものもあった。

けれど今はどうだろう。仕事中だろうが何だろうが、待ち時間を思いやれる人は少なくなったのではないだろうか。メール、ＳＮＳは手紙と電話のいいとこ取りだ。どんな時間だろうと勝手に送っておけば読んでおいてくれるだろう。しかし、そこにタイム感が加わるから話がややこしくなる。やれ、何分経っても既読スルー……？

ネットの中には人としてのマナーのかけらもないような書き込みサイトがある。こういうサイトを見るにつけ、人はこの混沌《こんとん》の中から何か新しいルールを見つけようとしているのではないか、と思うことがある。わざわざ汚い言葉を使い、相手の感情を逆なでするようなやりとりをし、どういう結末を迎えるのかは分からないが、とにかく吐き出すことで何かを解消しようとしているのが見える。

我慢をしない、というのが今のコミュニケーションの元にあるような気がする。気持ちを我慢しない、時間を我慢しない……。誰もが我慢をしなかったらそりゃあ世の中めちゃめちゃになりますよ。至る所でトラブルが起こる。でも、実際街でそんなことにはなっていないところを見ると、やっぱりみんな我慢をしているということでしょう。

新しいマナーはこうやって生まれていくのだと思う。この落差の中にどう共存していくのか。どこに鈍感になりどこに敏感でいたらいいのか。

ＳＮＳをやったことのない親はぜひ一度試し、一緒に悩んでみたらどうだろうか。

詩の朗読のマナー

ねじめ正一

「ねじめさんは詩や小説を書いたり、朗読をしたり、俳句を作ったりと色々やっておられますが、何が一番好きですか」と聞かれたら、迷うことなく「詩の朗読です」と答える。

私の詩の中でも特に、〈かあさんに隠れてお化粧をしたあーちゃんがかあさんになって、夕方になっても帰って来ないあーちゃんを、かあさんになったあーちゃんが自転車をキコキコ漕いで探しに行く〉という「かあさんになったあーちゃん」という詩を読むのが好きだ。もう、１００回以上朗読していると思うが、飽きることがない。読んでいる私自身が楽しいのは勿論《もちろん》だが、どこの朗読会でも、お客さんも楽しんでくれているのが実感できる。

この詩には「あーちゃん……」「キコキコ……」の繰り返しの言葉が多く出てくるが、同じ言葉を繰り返すと、聴いている人はうんざりするかと思いきや、繰り返すたびにどんどんこちら側に入ってきてくれる手応えを感じる。それは、「あーちゃん」も「キコキコ」も、私の肉体を通して繰り返し繰り返し声に出すたびに、私の体にだけでなくお客さんの体にもピッタリくっついていって、私もお客さんもその付き具合が楽しくなるのだ。

そうなるには、言葉が私の肉体にぴったりくっつくまで、呪文のように繰り返し繰り返しに耐える言葉でなくてはならない。「あーちゃん」も「キコキコ」も、今のところしっかり耐えてくれている。

昔は、朗読もエンターテインメントだと言って、芝居仕立てにしてみたり、バンドとコラボレーションしてみたりしたこともあったが、私の場合、声一本で朗読しなければ、言葉がくっついてきてくれないことが分かった。そう分かってから、朗読が本当に楽しくなった。「あーちゃん、あーちゃん」と繰り返していると声が裏返ったり、息が苦しくて「～ちゃん、～ちゃん」にしか聞こえなかったり「キコキコキコ……」が、途中から「コキコキコキ……」になってしまったりと、正しく詩を朗読できなくなるが、それが私の朗読なのだ。

ある時、私の朗読を聴き終わった人から、「ねじめさんのキコキコを聴いていると、ねじめさんが可哀想《かわいそう》になって、涙が出そうになったわ」と言われた。また別の人からは、「あーちゃんって、ねじめさんのことなのね」とも言われた。「ねじめ正一」の肉体がモロに出てしまうのだ。だから、私の朗読には、役者のような滑舌《かつぜつ》の良さも演技力も要らない。独《ひと》り善《よ》がりのカタルシスも不要だ。

このところ、山之口貘《やまのくちばく》さんの朗読CDを聴いている。音楽の入った朗読もあるが、やっぱり貘さんの声一本だけの朗読がいい。声の深いところで肉体に繋がっている。〈声一本バクバクバクの山之口貘〉

ママは手強い
マナー

母親という名の宇宙人のマナー

野沢直子

おそらくはどこの家庭の子供もそうであるように、我が家の三人の子供もあっという間に大人になってしまった。

三人が小さな頃は、私は一日中子供たちを追いかけ回して疲れていた。育児には休みというものがなく、その時間は永遠に続くような気がしていたのに、気がつけばいつのまにか子供たちは大人になっていた。私の手を借りることなく一人で洋服を着て仕事に学校にと出かけて行くようになった。

床に散らばった子供の物を延々と拾っていたあの時間は、どこに行ってしまったのだろう。瞬《まばた》きをしてる間に子供たちは大人になって私の手をすり抜け、私一人小さなシャツを手に持ちながら立ちつくしているような、不思議な淋しさを感じることがある。

一人の時間が俄然《がぜん》増えてきた。子育ての真っ最中の頃には、あんなに一人の時間が欲しいと思っていたのに、いざ一人の時間が増えてくるとどこか物淋しいと思うのは身勝手なのだろうか。だが、その物淋しさにも慣れてきた今、私は自分が自分に戻り始めてきているのを感じる。

親になる前の自分のことを少しずつ思い出し、もう一度自分に向き合おうとしている。意識的な儀式をしなくても、自然にそうしている。そういえばそう、私は本来こんなことが好きで、得意で不得意で、こんな風に笑っていたりこんな風に考えていたりしたと思いを巡らせる。親期間には眠ってしまっていた自分本来の感覚とか感性のようなものが、ふつふつと目を覚ましてきているのを感じるのだ。

　親になったからといって「親らしい」服装をすることもなく、骨盤の絵がプリントされたＴシャツを着て子供の学校に行って、子供に「恥ずかしい」と怒られていた。夫とふざけた名前のバンドをやっていて、夫はそのふざけたバンドの名前をＥメールアドレスにしていたのだが、ＰＴＡのグループメールの時に夫のそのメルアドは悪目立ちして、また「恥ずかしい」と子供に怒られていた。

　何かにつけ「親らしく」はなかったつもりだったのに、それでも私は「親」だったのだ。「母親」の自分も、確かに私の側面で私だったのだけれど、今となってはあれは別物だったと思えてならない。特に子供たちが小さかった頃の私は、その時期だけ誰かに何かを注入された宇宙人、あれは私ではなかったような気がする。

「母親」という名の宇宙人のような時期を経て、私はまた私に戻っていく。不思議な感覚のトランジションだ。

　子供たちが独立して家を出て、私が完全な私に戻った時に、私は子供たちとどんな会話をするのだろうか、楽しみである。

母のマナー

小島ゆかり

孫が生まれた。

青春時代、自分が結婚して子どもが生まれるあたりまでは、あれやこれやと想像をふくらませたが、孫までは思い至らなかった。しかし確実に時は流れ、孫が生まれた。

半年ほど前のある日、午前の仕事を終わり、カフェでひとりのどかにランチを食べていたところ、ケータイが鳴った。入社三年目で転勤になり、別に暮らしている次女からだ。

ふだんは「元気？」とメールをしてもほぼ返信はなく、困ったときや気持ちが萎《な》えたときだけ連絡してくる息子のような娘である。

「ママ、できちゃった」

「できちゃった？　何が？」

「赤ちゃん」

「赤ちゃん……。エッ」

そういえば、「結婚するかもしれない人がいるよ」と、前に言ってたなあ。

まもなくその、「かもしれない人」らしき青年が挨拶《あいさつ》にやって来て、憤懣《ふんまん》やるかたない夫はそっとしたまま、とりあえず婚姻届を出し、ひどいつわりを抱えて実家に戻った娘との生活が始まったのだ。ハア、思い返すだけでもあわただしくて疲れる。二人の母に二匹の猫に、糖尿病気味の夫に、妊婦の娘。低い身長がさらにも縮む思いである。が、そうこうするうちに娘のお腹はどんどんふくらむ。するとまた、いろいろな心配もふくらみ、どうか無事に生まれますようにと、神にも仏にも夜空にも、猫にまでお祈りする。肝心《かんじん》の娘は、出産はすごく痛いことが不安らしく、どんなふうに痛いのか、どれほどすごいのか、しきりにきいてくるが、出産の痛みというのは不思議に思い出せない。

出産よりもその後の方がずっとたいへんなんだと教えてやりたいところだけれど、それは今後のお楽しみということで、ふふっと微笑《ほほえ》むのみ。

予定日は七月七日、のはずが一向に陣痛の気配がない。「七夕《たなばた》の日に生まれたらロマンチック！」とか、七月十日なら「納豆の日」、十三日なら「ナイスの日」とか言い合いながら、しまいにはもう何の日でもいいから早く元気に生まれてほしい、と家族全員の気持ちがひしと寄り添った七月十四日の早朝、孫が生まれた。その日の午後の面会時間に、母を連れて赤ちゃんを見に行った。新生児室のガラスの向こうに、生まれたばかりの小さな小さな女の子が眠っている。母とわたしと娘とその女の子は、まるでマトリョーシカのようだ。

帰り際「じゃあね」と手を振り合ってから、ふとふり返ると、娘は再びガラス越しにわが子を見つめていた。じゃあね、さよなら……。わたしはもう一度、心のなかで娘に言った。これで本当にわたしの役目は終わったのだ。そう自覚することがたぶん、母親のマナーなのだと思った。

年とった母と息子のマナー

松任谷正隆

僕はたぶん母親と性格が似ている。人の心の動きに敏感で、すぐに反応する。だから子供の頃から仲が悪かった。気に入らないことがあれば向こうが反応し、それにこちらが反応する。バタン、とドアを閉めればその倍以上の強さでバタン、とドアを閉めた。そのたびにどこかで修復したはずなのだが、どうやったのかは覚えていない。ま、時間とともに忘れていく、といったパターンだったのだろう。

そんな母親が90歳を機に携帯電話をスマホにするという。どうやら写真のやりとりに魅力を感じたらしい。目も悪い母親にタッチパネルが操作出来るのか。それ以上に、人の言うことを聞かないあの母親が、息子の偉そうな指導なんか聞くのか。スマホを買いに行く前から、怪しい雲行きは嵐になる予感がしていた。とはいえ、人間、向上心があるうちは死なないそうだから、それも親孝行かもしれない。意を決してスマホを用意した。

でもその前に、だ。考えてみたら、僕は生まれてから一回も、母親の誕生日やら母の日を祝ったことなどなかったことに気付いた。なまじ優しい言葉をかけようものなら、シャイな性格ゆえ、嫌味の一言も言われてすべてが気分悪くなっておしまい、みたいな構図が見えたからだろう。

しかし、死ぬまでに一度も息子にお祝いを言われない、というのも寂しいだろう。一度くらいは気持ち悪い真似をしてみよう、ということでスマホの前に、まずは花を贈ることにした。ついでにカードも書いた。何を書いていいのか分からず、気持ち悪い真似をして申し訳ないが、受け取ってください、と書いた。

捨てはしないだろうな。もしかしたらこのカードはこっそりと後生《ごしょう》大事にしてくれるかもしれない。そう思うと、今まで何もしなかったことをちょっぴり後悔した。ま、でもここまで年をとってなかったらきっと些細《ささい》なことが発端でお互い嫌な思いをしていたさ、と自分に言い聞かせた。

案の定、花を贈った翌日には携帯に母親から何度か着信があった。仕事中で出られなかったけれど、お礼を言われても何を言っていいか分からないので返信はしなかった。

いよいよスマホを持って実家を訪ねた。花はちゃんと飾ってあった。カードはどこかにしまったのだろう。母親は新しもの好きだ、ということが初めて分かった。僕に似てる、いや、僕が母親似だったのかもしれない。そうだ。だから仲が悪いのだ。しかし母親は例によって否定的な言葉を連発し、僕は堪忍袋《かんにんぶくろ》の緒が切れ、教えるのを途中でやめた。それからというもの、母親はたびたび会社に電話をし、スタッフにやり方を教わっているらしい。意外に根気はあるようだ。それも含めて僕は母親似であると思った。

祖母のマナー

小島ゆかり

「おばあちゃんって呼んでいい？」

　新生児とともに退院してきた次女が言う。

「なんだか老け込みそう」

「じゃあ、ゆかりのゆをつけて、ゆばあちゃんはどう？」

「ゆばあちゃん！　お風呂屋のばあさんでしょ、それは」

「ふーん。それなら、どう呼べばいいの？」

「ばあと伸びる感じが年寄りくさいから、あを取ろう。ゆばちゃんにしよう」

　というわけで、祖母のわたしは、ゆばちゃんと呼ばれることになった。そして、その日から、ゆばちゃんは大奮闘を強いられたのだった。マンションのリビングの真ん中にベビーベッドとゆりかごが置かれ、そのまわりには、紙オムツのお徳用パックや、お尻ふきシートや除菌なんとかや、ガーゼやタオル。狭いマンションの空間はたちまち赤ちゃんの国になった。

　娘は、そんなに脱ぐんですかというぐらいオープンなスタイルで授乳し、赤ん坊は、そんなに大声を出さなくたっていいじゃないのと思うほどの力強い声で泣く。二人はともに新米であるから、与える方も飲む方もぎこちなく、授乳のたびにあたふたと騒がしい。いっそのことわたしが授乳できたらどんなに楽か。しかしたとえ出たとしても、六十過ぎのわたしの母乳は、しゃびしゃびしてまずいだろう。赤ん坊は泣くのが仕事とはいえ、じつによく泣く。そのつどオムツを替えたり抱っこしたり、歌ったり揺らしたり。なぜ、ゆばちゃんが抱っこすると泣き止むのか。いったいどういう手を使っているのかと娘たちはいぶかしむが、へへん、赤ちゃんは安心な人をよおく知っているのだ。

一方、ひ孫がうれしくて仕方がない母は、ほどほどにしてよという忠告に耳を貸さず、日に何度も抱っこして、ついに腱鞘炎《けんしょうえん》になってしまった（それも右手を！）。だから言ったじゃないの。この忙しいときに難儀だなあ。

かくして、四世代の暮らしは嵐のごとく。お願いだから、静かに机に向かう時間をください。仕事が……。ところが、なんとか机に向かっても、疲れ果てて頭が空洞のようだ。そんなとき、いっそ赤ん坊の泣き声に意識を集中すると、とても不思議な気持ちになる。その声のなんとシンプルでパワフルなことか。人生に絶望して泣くのでも、失恋して泣くのでもない。嘘泣きや怨み泣きでは決してない。本能のままの、いわば天然泣きなのだ。猛然と泣くその声は、むしろ清々《すがすが》しい。

一月半ほど過ぎたころ、赤ちゃんのパパが迎えに来て、次女と孫は帰っていった。その夜は谷間の一軒家のような静けさのなか、長女と二人でご飯を食べた。さびしい。

「さびしいね」

「えっ、もう？」

祖母のマナーは、まだ身につきそうにない。

母と息子のマナー

ねじめ正一

『認知の母にキッスされ』を出版すると、さまざまな読者から感想が届き、その概《おおむ》ねは「認知症の話なのに、笑ってしまいました……」であった。妄想を喚《わめ》く母と、その母の妄想にきちっと対応しようとする息子の噛《か》み合わなさが、妙におかしみを誘ったようである。

母が認知症になり、妄想を喚き始めたのは、２０１１年3月11日の東日本大震災から3か月後の6月のことである。現在母は、東京都内の介護施設でお世話になっていて、もう2年になる。最近は、母の眠っている時間がだんだん長くなってきている。

以前は、母の喚く妄想の言葉が面白いというだけでなく、妄想でも、母とそれなりのコミュニケーションを取ることができたので、毎日母に会いに行っていた。

何しろ、そのころの母の言葉の連射は凄まじかった。母がずっと封印していた人生の蓋を、認知症という病気でこじ開けられて、言葉のマグマを噴出させているようだった。「えっ！おふくろがこんな言葉を使うの！」と思うような、品のない卑猥《ひわい》な言葉も吐くし、反対に、支離滅裂だけど詩人顔負けの文学的な話もするし、母といて飽きることがなかった。ところが、母が言葉を発しなくなってからは、母の寝顔を見ているだけではつまらなくて、行こうとする意欲がなくなり、4、5日行かないのが当たり前になってきていた。

この間も5日ぶりに施設に行ったのだが、いつものように眠る母の顔を見ていて、はっと、気が付いたことがあった。

それは、今の母にとって大事なのは言葉ではないということだ。私が言葉を欲しがっていただけで、母は言葉から解放されているのだ。そう思って、母を見ていると、眠っているだけのように見える母の息遣いは、私の気持ちに反応するかのように、荒くなるときもあるし、時折、退屈そうに欠伸《あくび》もする。私が椅子に座った尻をもそもそすると、迷惑そうに眉を顰《ひそ》める。眠っている母の顔に私の顔を近づけると、母はすかさず顔を背ける。母は言葉ではなく、身体全部で気配を感じ、懸命に反応しているのだ。

私はそのことに気が付いてから、出来るかぎり毎日、母のところへ行くようにしている。そして、母の表情のひとつひとつを見逃さないようにしながら、母の手を握ったり、足を擦《さす》ったり、櫛《くし》で髪の毛を梳《と》かしたりして、母の身体感覚を頼りに会話をしているのだ。なかでも、母が穏やかな眠り顔に見えるのは、母の一番好きな歌、越路吹雪《こしじふぶき》の「サン・トワ・マミー」を、私が照れずにきちっと母の耳元で歌ってあげるときと、帰り際に必ず「明日またくるね」と握手をするときである。〈暑気払ひ母の寝顔はちょっとワニ〉

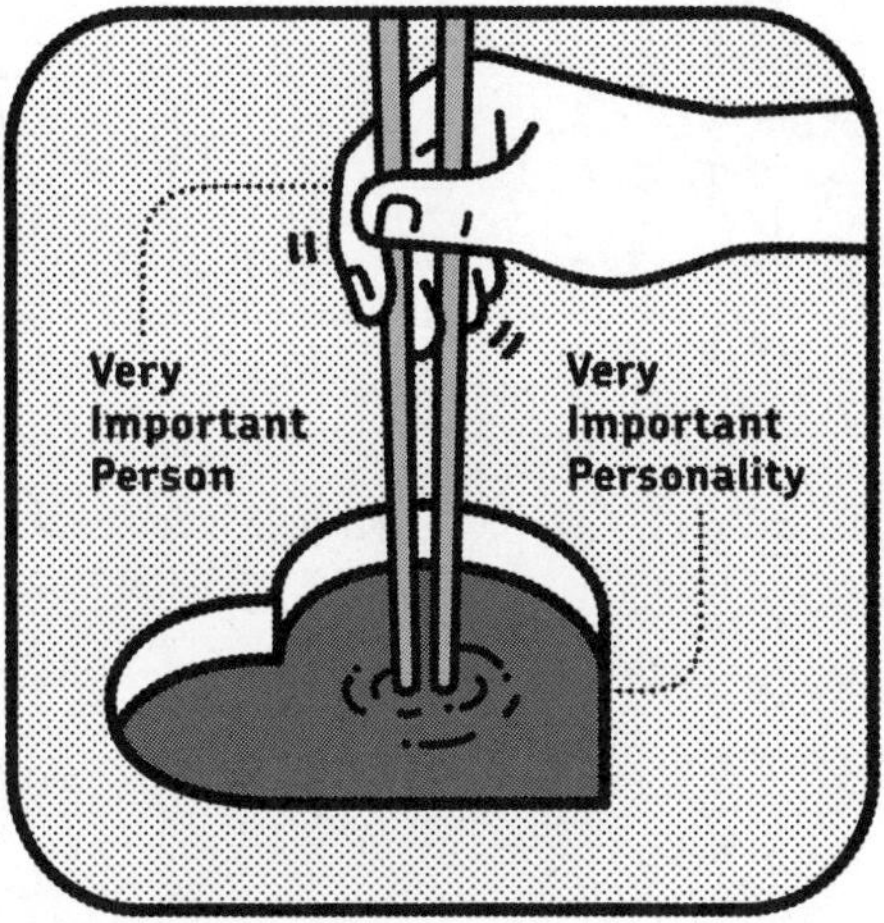

友情が
熟成する
マナー

下戸のマナー

ねじめ正一

私は酒が飲めない。酒が飲めないことを、若いころからずっとコンプレックスに思っていた。だから、井《い》の頭《かしら》公園近くの焼き鳥屋の立ち呑みで、毎日酒を飲む稽古《けいこ》をしたり、酒を飲んで坂道を上ると、酒が強くなると言われると、それを信じて、坂道を何度も上がったり下りたりもしたが、道端で嘔吐《おうと》して苦しい思いをするだけで終わった。

そこで私は、酒は体質的に無理だと悟り、下戸《げこ》でいくことを決めた。だが、私のまわりは飲んべえばかりだ。飲んべえからすれば、酒の席での下戸は、邪魔者でしかないはずだ。

下戸が飲んべえの邪魔にならないために、どうすればいいのか私は真剣に考えた。

まず、飲んべえと飲み屋にいく時は、ソフトドリンクは絶対に注文しない。ウーロンハイを注文して、ちびりちびり舐《な》めるように長い時間をかけて飲む。ウーロンハイだと氷が解けて、アルコールが薄まり、色も茶色なので、水割りのウイスキーを飲んでいるように見えるからだ。

次に、下戸であることを気付かせないように、初《しょ》っ端《ぱな》からボルテージを上げて、喋り続け、とことん笑わせ、場を盛り上げる。飲んべえはアルコールの力で、酔うほどに徐々に盛り上がってくるが、下戸の私は、自家発電でボルテージを一気に上げるのだ。アルコールvs自家発電の闘いである。

なによりも一番大事なことは、酒の席で見たり聞いたりしたことを、他言しないことだ。アルコールvs自家発電の闘いを40年もしていると、酔っ払いたちの醜態や悪口雑言《あっこうぞうごん》を、無数に見聞きしてきた。嘔吐物を浴びせられたり、肩に担いでタクシーに乗せて家まで送ったり、我が家に泊めたりと、下戸の役割もちゃんと果たしてきた。相手は私も酔っ払いだと安心して酔っ払っているのだから、他言をしてはならないのだ。

ところが、先日飲み屋で、20代の頃からの酒好きな友人から、「ひょっとして、ねじめって飲む振りだけで、酒飲んでいないだろ」と言われた。飲める振りをしていたことを問い詰められるかと思ったが、「エライよな。こんな飲んべえと、素面《しらふ》で40年以上もつきあってきたんだからな」と感激してくれた。だが、とうとう下戸だとばれてしまった。年と共に私の下戸力も落ちてきたのだ。最近では、飲み屋にいっても、酔っ払いのエネルギーに負けることが多くなっている。

それにしても、下戸の私から見て、最高に格好いい酔っ払いは、詩人の故田村隆一《たむらりゅういち》さんであった。田村さんは泥酔していても、「ねじめはホルモン詩人だ。判子になるのはたいへんなんだぞ。まだねじめは判子になれてないなあ」と謎めいていて深い言葉を発してくれた。こちらの心に正確に貼りついて離れない、言葉の人であった。〈我輩は一杯だけのウーロンハイ〉

箸のマナー

松任谷正隆

複数で食卓を囲む時、実は少々気になっていることがある。それは箸《はし》だ。松任谷家では子供の頃から、じか箸を嫌った。何を取るのにも取り箸。じか箸は汚いものだと教わったのだと思う。箸の先には唾液が付いており、そんなものを人様がこれから取ろうとしている料理に付着させるなんて……。

だから初めての修学旅行とか、合宿とか、大人数で食事をするのははっきり辛《つら》かった。鍋や大皿の中に自分の箸を突っ込んで、平然としている奴らを遠目に見ながら、なるべく突っ込まれたところから離れた場所にある食材を探して、飲み込むようにして食べていた記憶がある。神経質なのだろうか？　否定はしない。でも、やっぱり教育のせいではないだろうか。現にその後、僕はどんどん慣れていって、平気で鍋をつつき合えるようになっていくからである。

そしてひとつの転機が訪れる。それはガールフレンドだ。キスをする……。なんと恐ろしい。じか箸どころの騒ぎではない。ばい菌はこちらからあちらへ。あちらからこちらへ。もはや野放し状態ではないか。しかし、本能というか、人間の愛情というものはこんな高い高いハードルを軽々と越えていってしまうのだ。

そして僕のじか箸への感覚は、この相手への気持ち、という部分に大きく支配されていることに気づくのである。相手によっては、喜んで受け入れられる感覚であり、その逆でもある、ということを。

しゃぶしゃぶはリトマス試験紙のようなものだと思う。何人かで鍋を囲み、周りを見回す。あ、これはじか箸で大丈夫だ、と思う時もあれば、取り箸がいるな、と思う時もある。感覚とはなんと冷酷なものなのだろう。しかし、取り箸を用意する前にいきなりじか箸を使うような輩《やから》もいる。

一瞬、この冷酷な感覚はさらに凍り付き、そして急速に食欲が止まる。我慢してそのまま続けることもあれば、これみよがしに取り箸を使ってみせることもある。それでも気づかないゲストはきっと取り箸の生活を知らない人たちだ。そうやって育ったのだから仕方ない。最悪の場合は黙って席を立ち、ごちそうさま、ということだってあった。果たしてこんなことをしてしまう自分の行動は許されるものだろうか。食卓の喧噪《けんそう》を隣の部屋で聞きながら、何度おかしな孤独感を味わったことか。

その一方で、この感覚は人間関係によっても変わる、と思うようにもなった。異性、同性にかかわらず、ある基準点を超えればじか箸は許される。いや、許されるどころか、取り箸が妙によそよそしく感じられてしまうのだ。

そういえば、このあいだうちでじか箸で料理を取ろうとしてひどく怒られた。取り箸がそこにあるじゃないの、と。はて、結婚前、この人はじか箸派だったはずなのだが……。

LINEのマナー

島本理生

今ではショートメールよりも主流になったLINEだが、未だに馴染めぬところがある。流行り始めの頃は、無料だという以外はメールと変わらないのだから、同じように使えばいいと思っていた。

が、あるとき、自分の認識が若干間違っていたことに気付いた。自分が送る文面に対して、返ってくる文面のほうが圧倒的に短いのだ。

ありがとう、楽しみです、といった頻出《ひんしゅつ》フレーズはそれこそスタンプ一つで済んでしまう。そしてようやく理解した。LINEというものは文章というより、リアルな会話に近いのだと。

それ以来、会話らしい返事を心掛けている。

今では女友達とLINEで世間話を楽しむこともある。なかなか頻繁《ひんぱん》には会えない相手と気軽にやりとりできることは嬉しい。

一方で、どうしても慣れないことがある。それはグループLINEである。

もともと私は複数形のコミュニケーションがあまり得意ではない。プライベートでも仕事でも五人以上の集まりになると、相手と情報量が多すぎて、どんなに楽しい会でも終わるとぐったりしてしまうことがある。

しかもグループＬＩＮＥは、全員の表情が見えないまま文字だけがどんどん流れてくる。元々テンポの速い会話が不得手なのに、目に見えない複数にむけて瞬間的に文字を打つのでは、まるで気持ちが追いつかない。

しかも、たとえＬＩＮＥであってもグループ化すると、その集団独特の雰囲気や「ノリ」ができ始める。そこに自分が上手く乗れないと、なんともいえない心地悪さを感じてしまうのだ。

大人同士なら受け流せても、毎日教室で顔を合わせる子供同士ではそうもいかないときもあるだろう。

文字は目に見えてしまう分、自分の無理も、微妙に「外した」返事も個性の違いも、すべて可視化できてしまう。言葉が簡略化されている分、誤解も生じやすい。

そこでいじめやトラブルが起きる理由が、なんとなく理解できた気がした。

だからこそ、それに悩んでいる子や、逆に友達を追い詰めてしまう子に伝えたい。

君たちがやっていることは文章のプロでも難しいことなんだ、と。そして同じような不自由を感じている人はこの世にたくさんいるんだよ、と。

便利さを現代社会において手放すことはもう難しい。ただ、どんな時代が訪れようと、会話は相手の顔を見てしたいし、声を聞くものだ。互いの五感を使って。

単なる情報伝達の手段に振り回されそうになるとき、私はそのことを思い出したい。

初めての人とダブルスをするときのマナー

松任谷正隆

あれはビヨン・ボルグ（スウェーデン）全盛の時代だったから１９８０年代ということになるのだろうか。猫も杓子《しゃくし》もテニス、という具合にテニスは今よりずっとブームだった気がする。

僕もある音楽関係者から入れと言われて、仕方なしに高井戸にあるテニスクラブに入会した。そこでザ・ワイルドワンズというグループサウンズの人たちを紹介され、なぜかノリも合い、毎回大笑いしながら、おバカなテニスをしていた。

美人で有名な女優Ｎがボーイフレンドとしょっちゅうここに来ているのは、横目で見て知っていた。さすがに派手だった。

ザ・ワイルドワンズのリーダーの加瀬《かせ》邦彦《くにひこ》さんは結構チキンハートで、気にはなるものの横目で見るばかり。もちろん僕もチキンハートだ。その日も僕は加瀬さんとおバカなテニスをしていた。

「あの〜」という女性の声が金網越しに聞こえた。聞き覚えのある声だ。振り返るとそのカップルが並んでにこにこしている。そして彼女はこう言った。

「一緒にダブルスやりませんか……」

さあ困った。チキン2人vs美人女優カップル。女優などというものに免疫がなかったから、どぎまぎするばかり。もちろん断る勇気なんてありゃしない。あれよあれよというまにペア決めをすることになり、なんと僕と美人女優が組むことに。

そしてサーブ権はこちらに……。いやあ、朝から調子が悪かったのだ。特にサーブが。

「あのう、サーブやっていただけますか?」と聞くと「サーブは男の人からやるものですよ」と冷たく言う。けっこうきつい性格らしい。しかたない。やるしかない。

ドキドキしながらトスアップをし、バシンッ!……ではなくポコッと端に当たった。さあっ、と思って向こうを見るも、球はない。

それどころか、誰も動いてない。そういえばバウンドする音もなかった。おかしい。空気が凍っている。何か変だ。そう思ってよく見ると、美人女優の立派な太ももの間に小さな黄色いものが目に入った。あっ……。

僕は彼女の尻めがけて打ち込んでしまったのだ。「痛い!」の一言でもあれば少しは空気が和《やわ》らいでいたかもしれないが、彼女は一言も言葉を発しない。このときのどうしたらいいかわからない雰囲気。加瀬さんも発する言葉が見つからずに困った顔をしている。

実を言えば、その後のことはすっかり覚えていないのだ。試合は続いたのだろうか。いや、続いた記憶だけはある。

あの光景を思い出すたびに、いまだにやるせない気持ちが襲ってくる。

体験入学のマナー

野沢直子

アメリカの学校の夏休みは、実に二ヶ月と三週間はある。その長い長い夏休み、両親のホームタウンに長期で行って祖父母との時間を過ごす子供も多い。

そこで我が家の場合は、私が子供たちを日本に連れて帰ることになった。子供たちが当時まだ健在だった私の父と過ごしてくれる時間も作りたかったし、日本に滞在して日本も知ってもらいたかった。

そんな中である時私は、東京の公立の小学校には海外に在住している日本国籍を持った子供を短期間受け入れる「体験入学」というシステムがあるのを聞き、それはいいかもしれないと飛びついた。アメリカの学校が六月の上旬から夏休みに入ってしまうので、すぐに日本に行けば、子供たちは一ヶ月ほど日本の小学校に通えるのである。

当時、私の実家は新宿のど真ん中にあり、そこから歩いて行ける公立の某小学校がうちの子供を受け入れてくれることとなった。長女と次女は毎年夏に日本に行く度にその小学校に一ヶ月ずつ通ったのである。

新宿という場所柄かその小学校は生徒数がとても少なく、学年には一クラスずつしかなかった。そのため毎年同じクラスメイトに「おかえり」と温かく迎えてもらって、結局実家が逗子《ずし》の方に引っ越してしまうまでの五年ほど通わせて頂いた。

何よりよかったのは娘たちに日本人の友達が出来たこと。そして色々貴重な体験をさせてもらったと、とても感謝している。

まず、娘たちがこの体験入学で喜んでいたのは給食当番と生き物係だった。

それはなんとなくわかるのだが、意外や意外、とても印象に残っているのが掃除当番らしいのだ。しかも大人になった娘たちが自分のアメリカ人の友達にこの体験入学の話をする時必ず説明するのが、「雑巾がけ」なので笑ってしまう。「日本の小学校てさ、みんな生徒が濡れた小さいタオルを床にこう置いてそれに手をついて、全員で一列になって端から端まで走るんだよ」と言いながら、「こうだよ、こう」とすごく真顔で神妙に雑巾がけをやってみせる。見ているアメリカ人の子も、「わあお。リアリー？」と真剣に感心したりするので更におかしい。

私目線からしたら、クラスメイトの子たちと一緒に近所の神社のお祭りに行って盆踊りの輪に入れてもらうなどもすごくいい思い出だっただろうと思うのだが、娘たちがいつも話すのがこの雑巾がけだったりするので、よほど衝撃的だったのだろう。なかなか出来ない体験だった。

あれからもう十五年ほどの時が経っているが、この体験入学のシステムはまだあるのだろうか。次女はまだ、この時のクラスメイトの子たちと繋がっていて、とてもありがたいことだと思っている。

同夏の会のマナー

大下一真

夏【げ】僧侶の安居《あんご》する期間で、陰暦四月十六日から七月十五日に至る九十日間。

「広辞苑」にはこのように出ている。同じ年の夏《げ》に入門した仲間を同夏《どうげ》と呼ぶ。ついでながら、別の年に入門した修行仲間は同参《どうさん》と言う。同時期に参禅修行した、というほどの意である。

なにやら難しいことから書きだしているが、同夏とはつまりは坐禅《ざぜん》道場の同級生の謂《い》いで、私たちの場合だと、昭和四十六年の春に鎌倉・円覚寺《えんがくじ》の道場に入門した、自分を含めた六人が同夏である。

入門して、俗世と違う規律規範に戸惑いながら叱られながら、脚の痛みに耐えながら坐禅をして、おいおいとふてぶてしくなって二年三年、さらに四年五年と粥《かゆ》をすすって、まあこんなものかと俗世に戻って坊さんと呼ばれるのだが、何かをしでかして怒鳴られた情けなさを共有する仲間はいいもので、だれも偉そうなことは言わない。否、言えないのが同夏である。

それぞれが道場を出てどれくらいたってからだったか、年に一度、同夏の集まりをするようになった。六人はそれぞれ、越後湯沢《えちごゆざわ》、前橋、福島いわき、神奈川南足柄《みなみあしがら》、埼玉熊谷《くまがや》、鎌倉の寺に住んでいるので、持ち回りでの会場設定も都合がよい。「集まりの名前をどうしよう」「六人だから六地蔵といきたいが、おこがましいか」「六道輪廻《ろくどうりんね》の六道だと極道みたいだなあ」とかなんとかで、ごくシンプルな「六の会」となった。

集まるのは九月の初旬と、いつからか決まっている。お盆とお彼岸《ひがん》の間である。坊さんにとって都合の良い時期ではある。しかし実はこれが問題で、台風の時期でもある。いわきの和尚が幹事の松島では台風の直撃に遭って松島遊覧どころではなく、熊谷の和尚が幹事の秩《ちち》父《ぶ》長瀞《ながとろ》では前日までの大雨で船下りはできなかった。しかし、幹事の心がけが悪いからなどと、誰も言わない。誰のときも天気には恵まれないのだから。

同級会となれば懐旧談に花が咲くところだが、タネは尽きていて、もっぱら近況報告という感じになる。いわきの和尚の寺は、かの大震災でたくさんの檀家さんが亡くなられたうえに、原発からほぼ三十キロで一度は避難したという話はいたましかったが、今年も熊谷はあいかわらず暑かったようだねえとか、魚沼産コシヒカリの作柄はどんなだろうかとか、他愛ない話が多い。紆余曲折《うよきょくせつ》はあったがそれぞれに後継者も定まって、そろそろ老年に入った感じが漂う仲間である。

二〇一八年の幹事は南足柄の和尚で、集合場所は東京押上《おしあげ》スカイツリーの足もとのホテル。落語を聞きながら懇親《こんしん》というしゃれた企画だったが、詳細を語る紙面は尽きた。

以上、坊さんの同級会。

招かれる客のマナー

人の家のトイレのマナー

松任谷正隆

久しぶりに大勢の人がうちに遊びに来た。男5人、女7人。こんなに人が集まることがこのところなかったから最初は心配だったけれど、ラインのやりとりでいろいろと準備を手伝ってもらったこともあり、ものすごくスムーズに楽しく事が運んだ。

やっぱり人が集まるのはいいものだな、と祭りの後のトイレに行ってびっくり……。そこはちょっと悲惨とも言うべき状態になっていたのである。しまった……。男子に座ってやれ、と言うのを忘れていた。後悔してももう遅い。飛沫《しぶき》は四方に飛び散り、なぜ？　というところにまで達している。

ふと考えた。なぜ、こんなところにまで飛び散るのか？　そういえば、男子トイレに入ると必ず小便器の前は飛沫で汚れている。それは水たまりのようになっていることさえある。僕はそれをまたぎながら開脚して用を足す。一歩前進を、などと書かれている便器もあるが、もちろん可能な限り接近をして用を足す。隣のやつに見られたくない、というのもある。だからどうしたって飛沫が便器の外に飛び出しようがない。

実はなぜ汚れるのか知りたくて、色々な角度を試してみたこともある。普通は斜め下方であるが水平にしてみたり、斜め上方に向けてみたり。けれど便器の構造のせいか自分に向かって飛んでくることは一切なかった。

いや待てよ、僕の勢いがないせいなのか。いやいや、そうではない。ホース遊びでするように少し押さえ気味に噴射してみてもあそこまで飛び散ることはなかった。ということは間違いなく犯人は遠くから狙うでもなく漫然としているやつだ。そして最後のひとしずく、ふたしずくが便器の前に落ちるのだ。

　話を戻そう。昔テレビである女性タレントが、うちに来る男子は必ず座ってしてもらうことになってるの、と自慢げに言っていた。このとき、僕は少々違和感を覚えたのである。これは強制されるべきものなのか……？

　うちによく来る男子は、何気なくうちのルールを伝えてあるからいいのだけれど、初めて来た人には実に言いづらい。目上の人であれば不可能に等しい。では便器に何かそういう合図を貼っておくか？　それもダサい。うちのトイレは公衆トイレではないのだから。それに誰かが言っていた。男は構造上、立ってしないと最後まで出ないんだ、と。そういう習慣の人に強制するのはいかがなものか。考えれば考えるほど厄介な問題だ。

　もちろん僕は座ってやる派である。男子用がない限り、必ず座る。ああ、うちに来る男子がみんな座ってしてくれればいいのに。学校でもそのように教えてくれればいいのに。お客を招き入れる側はこの点に於《お》いていつも弱者だ。お客はそのことを考えてもいいと思う。

ホームパーティーのマナー

湯山玲子

自分の家に友人を招き、もてなす行為は昔からあった。しかし、現代のホームパーティーは昔のそれとは少し趣《おもむき》が異なり、ゲストが知り合いや知り合いの友人、そのまた友人ぐらいまで拡大しているところに特徴がある。「顔は知らないけれど、素性は分かっている」人たちまでが、ホスト宅で鍋をつくることができる、というわけだ。

経験上、最も豪華だったのが、ストックホルムのメイクアップアーティスト宅でのホームパーティー。席次が決まった着席スタイルで、ホストが作る高級レストラン並みの料理が運ばれてくる。給仕役がスキンヘッドにピアス姿の男性というところを除けば、燭台《しょくだい》とロウソク火の演出も含め、どこぞの晩餐《ばんさん》会というゴージャスな雰囲気。このなりきりグランメゾン（一流レストラン）のシェフぶりは「料理人かヘアメイクか」で進路を悩んだというホストの、本気の遊びなのでしょう。

一方、ウィーンのデザイナー宅でのパーティーはその真逆。キャンディーやグミ、チョコレートなどがテーブルに並び、型抜きしたゼリーが皿の上に踊っていて、まるで映画「チャーリーとチョコレート工場」の中に迷い込んだよう。心の奥深くで眠っている「子どものワタシ」が解放され、いろんな欲望の形に慣れっこになっているオトナ心をとろけさせるような趣向だった。

さて、ホームパーティーのマナーと言えば、まずは手土産に何を持って行くかが問題だ。ワインやビールが定番だが、どうせなら、その場の話のネタになるようなものが望ましい。「さすが！」と感心した手土産は、棒付きアイス「ガリガリ君」と巨大月餅の二つ。前者は酔って火照《ほて》った体を冷ますのにことの外おいしかったし、後者は「中華街では見かけたことがあるが、実際に食べたことがない」という物珍しさから、その場が一気に盛り上がった。

ホスト側のマナーとしては、料理担当が一緒にテーブルを囲めるように、料理はオーブンから取り出してすぐに食べられるものや、作り置きできるサラダにしておくということが重要だと思っている。みんなが楽しく歓談しているのに一人だけが黙々と働いている状況は、ゲストとしてもあまり気持ちいいものではないからだ。

後かたづけをみんなでやってしまうことは、ゲスト側の重要マナーだ。「明日、自分たちでのんびりやるから大丈夫」とホスト側に言われても、全員が手伝えば10分で終わることなので、進んでお皿を洗ってしまおう。

いいことやモノはお裾分け、嫌なことは分担して軽減。ホームパーティーの心得は社会で生きていくためのマナーにもつながっている。

お客様のマナー

柴崎友香

以前は、仕事が忙しいと出かけられないから買い物もできなくてお金を使わずにすんだのだが、今はネット通販が充実して、一歩も外に出なくてもほとんどのものが買えてしまう。延々見てしまって時間も浪費してしまうのだが、多くのサイトには、評価コメントが星のマークとともに表示されている。画像だけではわからない使い勝手やサイズ感を参考にできて、助かる。

写真や説明と違っていた、すぐ壊れたなどは、売る側にも参考になる。しかし、コメントを読んでいると、だんだん気になってくる。洋服で「似合わなかった」や「買った後で値下げしていたのでマイナス1」などは、悔しい気持ちはよくわかるけれど、商品自体に星いくつの評価で表されるものだろうか。

中には、かなり値段の安いものに「素材が安っぽい」、ステンレスの包丁に「洗わずに置いていたら錆《さ》びました」など、それはそうですね、とつっこみをいれたくなるコメントも。それでも、「星一つ」が全体の評価に反映される。

それは使い方の問題では？　と思うコメントにも、丁寧に担当者の「申し訳ございません」で始まる返答がついていることもある。担当者も大変だなあと思う。以前、百円均一の店で、高機能の商品がないと怒るお客さんに店員さんが頭を下げているのを見たことを思い出す。そういえば、遅延が発生した電車に乗ると、たった数分の遅れなのに、何度も丁重なお詫びのアナウンスが入るのも気になる。

「おもてなし」が流行語に選ばれ、「日本のサービスは素晴らしい」ともてはやされる。気の利いた対応をしてもらったらもちろん気分がいいけれど、そんなにへりくだらなくてもいいのでは、とも思う。

サービス至上主義的な考えで「お客様は神様です」の言葉を使う人がいる。売る側の研修などでも、掲げられる。そこでイメージされる「神様」ってどんな存在なのか。ありがたい存在？　なんでも望み通りにしなければならない偉い人？　考えると変だ。

そもそも、この言葉を使った三波春夫《みなみはるお》さんは、神様に捧げるように観客に向けて歌う、という意味で使ったのだそうだ。その一部分だけが都合よく解釈されたらしい。

長い長い不況で、お金を払うからには失敗したくない、という気持ちが強くなっているのはわかる。それが、お金を払った分はやってもらって当然、欠点や失敗は許せない、になっていくと、結局はコストがかかるし、どこかにしわ寄せが行く。今度は自分が別の場所で完璧や望み通りを求められて、どんどん窮屈《きゅうくつ》な居心地の悪い世の中になりそうだ。「お客様」もサービスする側も隙のある人間、と忘れないでいたい。

発言に責任を持つマナー

松井孝典

先日、京都のある割烹《かっぽう》の店で食事をした。いつもは仕事の打ち合わせを兼ねた外食が多いが、今回は珍しく一人静かに、お酒と食事を楽しんだ。

カウンターの前に10席ほど椅子がある、こぢんまりした店で、客は私以外に二組。一組は男女4人連れの年配の観光客、もう一組は個人の常連客のようだった。観光客は訪れた有名料亭の話に花が咲き、常連客は板前に向かって京都や東京の有名店での自らの経験を話している。

いずれの会話も、いやが応でも耳に入るほど声が大きい。赤暖簾《あかのれん》の飲み屋なら、わからないでもない。料理を楽しむ店なのにと、苦々しい思いで聞いていた。

酔いが回って来たのか、個人客が4人連れの会話に入り込んでいる。ＩＴ関係の経営者らしく、料理屋やワインなどの蘊蓄《うんちく》を披露し独演会になってきた。自分で自分の話に酔うのか、さらに声が高くなってきた。「蘊蓄を傾ける」と言っても文字通りの意味ではない。蘊蓄は中国の古典「春秋左氏伝」の言葉で、「知識を深く積み貯《たくわ》えてあること。また、その知識」(広辞苑)の意である。

常連客の話は自分の経験に基づく、底の浅い、自慢話にすぎない。彼が行くと、初めての有名店でも、その蘊蓄を察し、扱いを変えてくれるとか、迷惑が掛からないようにと、予約の素人客の席を遠くに離してくれるなどの類だ。
この種の例は、この店でだけでなく、あらゆる場所で今の日本に溢れかえっているように感じる。それは政府の審議会のレベルからテレビのコメンテーター、文化人、芸能人、街角の声まで、あらゆるレベルで見聞きする。

情報や知識はきちんと調べたうえで真偽を合理的に自分で判断して初めて、人前で語れるものだ。インターネットやテレビ、新聞などの受け売りで手に入るものではない。

その意識が薄れた結果、本来はその専門性の深さゆえに、専門家として尊敬されるべき人たちが、逆にその知識の狭さゆえに馬鹿にされる。そんな時代になってしまった。

そうした風潮と反比例し、軽薄な知識に基づく人たちの発言や意見が、普通の人ゆえにもてはやされるようになった。確かに、たとえば気象学や地質学、地震学など地球を取り巻く学問が極端に専門分化したため、地球環境問題という大きなテーマを解決できていないのも事実だ。ただ、それと、今、あちこちで語られていることとの間には天と地ほどの隔たりがある。

こうした風潮に流れて、自分も時には同じ過ちを犯しているかもしれない、と襟《えり》を正すようになった。意見を述べるということは、その発言の内容に責任を持つことだ。その自覚を持っている人が、今どれぐらい、いるのだろうか。

電車内での化粧のマナー

湯山玲子

マナーの基本は、人様に迷惑をかけないというものだ。しかし、この「迷惑」、それが実害ではなく「見た人の気分を悪くするかどうか」に拡大していったとたんに、一方的なものになってしまうキライがある。そのひとつの例が、「電車の中で化粧をするな！」という「マナー」だ。

これは確か、20年ほど前にいくつかの雑誌記事などで取り上げられたことがきっかけとなって一気にマナー化した、という記憶がある。なぜなら当時、私は会社員として激務をこなしていて、遅刻ギリギリで飛び乗った電車の座席で「せめて、マスカラとリップだけでも」と、部分化粧をしていた張本人だったからだ。

なぜ、車内化粧がマナー違反なのか、という論のなかでは、電車の中で化粧をする女性について、「人前で化粧するのは娼婦《しょうふ》の証し」といった、とある文化人のコメントを読んだことがある。

しかし、その「電車内化粧禁止」マナーを声高に主張する男性たちの言い分の方は不可解なものだった。そもそも、ガタンと電車が揺れて、口紅が鼻の孔《あな》に入って迷惑を被るのは、化粧した本人のみという自業自得でしかない。

メディアに紹介された「マナー違反」論の中で「オレ様の前で、女のたしなみの舞台裏をさらすということは、オレを男として見ていないわけで不快だ」という、女性にとっては、寝耳に水の言説もあった。良くいえば繊細、悪くいえば「考えすぎだよ」という細かく面倒くさい男心の存在が、タブーの真相らしい。

当時はバブルを経て、自分の稼いだお金でグルメや旅行にいそしむ女性がちまたにあふれ出た時期。電車の中で化粧をする女、というのはその象徴で、男性たちがそんなありさまを封じ込めようとしたのは、わからないでもない。

悩ましいのは、当の女性もこれを糾弾してしまうこと。この場合、どうかご自身の心の内を尋ねてほしい。これは、男性の都合から、そう思わされている習慣なのである、と。若さと美が圧倒的に有利な「見た目社会」に生きる女性ならば、諸事情からやむなく電車中で化粧直しをしてしまっている同性に対しては、もうちょっと寛容になってもいいのでは、とも思う。

しかし、こんな話を今どきの若い男性たちの前でしゃべったら、「えっ？ そんなマナーがあったんスか？」と驚かれた。それどころか「マユの処理を忙しくて忘れてたんで、電車の中で、鏡見ながら毛ヌキで抜いちゃいましたよ」と全くもって女性の味方。

個人的には、そういう男性を「見苦しい」と思ってしまう心がある私だが、そこは寛容を心がける所存。人間、お互い様を忘れてはいかんですからねぇ。

桃のマナー

柴崎友香

桃が好きだ。

「くだもの」という言葉の響きにいちばん近いのは、わたしにとっては桃をかじったときの食感である。

りんごのように固い桃がおいしいという人もいるが、わたしは断然、熟したやわらかいものが好みだ。毛羽立った薄い皮を指ですーっとむく感触、そこに現れるかすかな凹凸のある表面はまるで新雪の平原のよう。包丁を入れたときの繊維の抵抗がありつつもやわらかい果肉の手応え。かじった瞬間にじゅわっとしみ出す甘い果汁。桃にまつわるあれこれを思い出しただけで、幸せな気持ちになれる。

桃源郷は、桃の花が咲きほこる林を抜けたところにあるという。花が咲くからには、きっと数か月後には実がなる。桃が食べ放題。たしかに、理想郷に違いない。

蒸し暑くなり始めた六月ごろ、スーパーの店頭に唐突にあの薄黄色から濃い桃色のグラデーションの球体を見つけ、ああ、夏が来た！　と焦りとよろこびの入り交じった気持ちになる。そのあと二、三か月ほどのあいだに、今年はこの幸福の果実を何度食べられるだろうか、とすでに想像してしまう。

そしてその中に「当たり」の桃はいくつあるか。

そう、買ってくる桃の熟し具合には差がある。固いのが好みの人、やわらかいのが好みの人、それぞれに絶妙のタイミングがある。

それゆえに、店頭で触って確認しようとする人がいる。それだけは、やってはいけない。

それが、桃好きの絶対のマナーだ。

ひたすらに見つめ、大きさや色を吟味する。皮を透視するほどに見て、むくところを想像し、最後はこれまでの経験と勘でえいっと選ぶのだ。自分好みの桃を引き当てたときの満足感といったら！

むく前にまだちょっと固かったなと思えば、しばらく常温で置いておく。その待つ時間もまたよい。

どうやって切れば最大限に実が取れるのか長いことわからなかったが、アボカドみたいに皮をむく前にぐるりと包丁を入れ、ひねって半分に割ってから櫛形に実を外していくといいと知って、ますます桃の時間が楽しくなった。

一年中見かけるようになった果物もあるが、桃は、夏のものであってほしい。

猛暑はいつまで続くのかとうんざりするような日々も、品種の違う桃を食べ比べ、やがて産地が北へと少しずつ移り変わり、売り場に占める桃の割合が減って、ぶどうや梨が目立つようになって、明日もまだあるかなと気がかりに思いつつ桃を買う。

旬の後半にとれる品種が並ぶころには、暑かったこの夏も過ぎていくことを感じているだろう。

アート鑑賞のマナー

島本理生

梅雨入り前から猛暑になると聞いて覚悟はしていたものの、いざ迎えてみればやっぱりしんどいのが東京の夏だ。

自分が幼い頃はまだ真夏でも公園を駆け回る余裕があったものの、近頃では子供がすぐに熱中症になるので油断できない。

そんな炎天下の午後には、親子で美術館に出かけるようにしている。

館内は涼しく、カフェの窓ガラス越しに見る青空や緑は強い日差しを帯びて美しい。

子連れで美術館というと、ハードルが高いように感じていたが、体験型の現代アートなどは意外と親子で鑑賞できるものが多い。たとえば展望台のある森美術館は展示も景色も楽しめて、落ち着いているが複合施設としての賑わいもあるので子連れにはありがたい場所。

以前はどちらかといえば現代アートは苦手だった。一見しただけではモチーフやコンセプトが理解しづらいからだ。

けれど、あるとき知り合いの女性作家さんと飲みながら「作品に込めた意味やコンセプトが分からない現代アートはどう鑑賞すればいいのか」という疑問を口にしたところ、彼女がこう返した。

「その作品が、ただ目の前にあることを、ありのままに楽しめばいいんじゃないかな」

シンプルな回答でありながら、その言葉は強く残った。

知識を得たり論理的に解釈することで増えるものも、もちろんある。しかし、そもそもアートのすべてを頭で「理解」できると考えること自体、違っていたのかもしれないと思うようになった。

そして子供と行く美術館は、まさにそこにあるものを楽しむ時間だ。

まだ我が子が言葉も達者じゃない時期に行った美術館で、リボンの掛かった箱が山積みになった展示があった。

触れていいと書かれていたので試しにやらせてみたら、我が子は夢中でリボンをほどいて、いつまでも箱を開け続けていた。中になにも入っていなくても、さほど気にしていない様子で、ただ、開ける、ほどく、に対する本能的な快感だけが存在していた。

そうだ、プレゼントは開ける瞬間が一番楽しいのだ、と気付いた。

映像を使った流行りのプロジェクションマッピングも、大人は感心しつつも「見る」だけになりがちだが、子供は「参加」しようとする。手を伸ばして動く鳥を追いかけ、摑《つか》めないことを確かめては笑う。

今のこの瞬間、目の前にあるものに能動的な関心を持つ。

それはアートを楽しむためのマナーであると同時に、人がいきいきと日々を過ごすこと全般にいえるマナーではないかと思った。

コンサートのマナー

松任谷正隆

僕がつくづく自分の人間性を見ることになるのが、このコンサートにおいて、である。

基本的に自分の作ったコンサートはたいていＰＡコンソール（音響調整を行う場所）の近くで見る。なぜならコンソールの傍は邪魔だし、下手したら騒がしいし、チケットとしてはあまり売りたくない場所だからだ。でも逆に音はそこに合わせてあるからベストかもしれない、とも思う。照明的にもだ。

そう、実は一番前なんてかぶりつきなだけでろくな席じゃない。近くで見て粗《あら》は探せてもどこも楽しくなんかあるものか。ところが、客として招待される場合、気を遣われてものすごく前の席だったりする。いやはや、困ったな、と思う。

音が悪いからではない。前は気を遣うのだ。気を遣われてかえって気を遣う。これはいったいどういうことかと言えば、前後のお客に気を遣い、出演者にも気を遣わなきゃならんからだ。

自分で演出しているショーならどう見ようが勝手だ。腕を組んで苦虫をかみつぶしたような顔をしていたってそれもありだし、立ち上がって一緒に騒いだってそれもありだ。周りは許してくれるだろう。

けれどお客として行った場合、これは立つべきか、いや、座って見るべきか、迷うようなシーンがたくさんあるのだ。特に前の方の席だと、後ろの方がどうなっているのか分からない。いたずらに立ち上がって後ろの人から「見えねえよ！」なんて怒鳴られるのはいやではないか。

かといって黙って座っていたら出演者は、この客はつまらないと思っているのか？ なんて思うかもしれない。実はステージ上から案外お客は見えていたりするのだ。この板挟みに合いながらいったいどうすべきかを悩んでいたらショーを楽しむどころの騒ぎじゃない。ああ、どうしてこんな席を……。

大昔、U2のコンサートでサブステージの真ん前の席に通されたことがあった。おお、ここにボノたちは出てくるわけだな……と思っていたら、案の定、コンサート中盤でメンバーたちが僕の目の前に現れた。そして始まった曲の途中でボノがなんだか怪しい格好をした。あっ、来る……と思ったら、ボノは両手を広げて客席の方に倒れてくるではないか。

いや、そうではない。まさに僕の上に倒れてこようとしている。僕は慌てて立ち上がり必死にボノを受け止めた。ぐにゃっという感触が手のひらにあった。ちょっと太めのお腹だった。それよりも倒れてくる瞬間の彼の顔をよく覚えている。彼は僕の目を見て「申し訳ありませんね」という顔をした。

コンサートは観客も出演者も気を遣っているのである。

映画のマナー

柴崎友香

物事に自分が最初に接したときからの習慣はなかなか抜けないもので、映画を観に行こうと思い立ったとき、以前あった情報誌の見開きの一覧表ページがわかりやすかったのに、と思ってしまう。

映画や劇場の個別の情報は今のほうが断然充実しているのだが、今週はどこで何をやってるのか知りたいとき、ぱっと開いて把握できるという点では情報誌のスケジュールページが優れていた。

映画を取り巻く環境はずいぶん変わった。シネコンが主流になって、各回入れ替えで座席は指定。３Ｄもごく当たり前のものになった。

上映の前にアナウンスされる内容が増えたのも、変化の一つだ。

録画や配信は犯罪です、携帯電話の電源はお切りください、振動音や画面の光も周りのお客様のご迷惑になります、前の座席を蹴らないでください。飲食はなるべく上映の前にお済ませください、袋から出し入れする音もお気をつけください、というのも聞いたことがある。

劇場によって多少違うが、だんだん多くなってきている。

新しい機械の登場に伴うものだが、他は昔からあったことだ。では、注意が増えたのはマナーが悪くなったからだろうか。そうとは感じない。むしろ、子供のころの雑然とした映画館内の記憶に比べると、総じて行儀がいいように思う。

静かになった分、かえって細かいことが気になるようになったのだろうか。以前なら客同士で直接注意したようなことも、トラブルにならないようにとの配慮だろうか。少しのことでも苦情が寄せられるのなら映画館の方も大変だろうな、などとつい考えてしまう。

マナーも移り変わり、さらには動画配信など映画を観る手段も場所もどんどん増えてきたけれど、わたしは映画は映画館で観るのが好きだ。より正確に言うと、気が散りやすい性質なので、映画館の暗闇で身動きできず外から遮断された状態が、いちばん集中して観られるし、記憶にも強く残る。待つ間に、ポスターを見たりチラシを集めたりするのも楽しい。そこでまた新たな作品との出会いがある。

映画館で観た映画は、思い出すときに、どこの劇場だったか必ずセットになっているし、館内の雰囲気や前後のできごともいっしょについてくる。前の人の頭で字幕が見えにくくてとか、帰りに食べたうどんがおいしくてとかいうことも含めて。

そんな思い入れのある映画館の一つが閉館になる知らせを、最近も聞いた。その度に、そういえばしばらく行ってなかった、もっと行っておけばよかった、と後悔する。

きっとなによりのマナーは、映画館に行くことなのだ。

クラシックコンサートのマナー

湯山玲子

ウィーンといえば、国立歌劇場が有名だが、私はフォルクスオーパーという劇場が大好き。大衆オペラ座という意味のこの劇場は、オペレッタを中心に、オペラやバレエ、そしてミュージカルも演じられているが、「地元に愛されている感じ」が非常に強い。オペラのアリアを、Jポップのメロディーのように口ずさむことができるような観客の顔ぶれを見るに付け（小声で歌っている観客が少なからずいる！）、生活に根ざしたクラシック音楽との付き合い方は、さすがに音楽の都の面目躍如《めんもくやくじょ》だと思う。

幕間の休憩時間のあり方も、日本の常識とは異なる。休憩時間には、シャンパンやワインを片手に社交とおしゃべりに興じるという、騒々しくも華やかなシーンが立ち現れる。すなわち、幕間は社交の舞台、ということ。これは、貴族と富裕層市民が集い、交流したモーツァルトの昔から続く、ヨーロッパの歌劇場のトーン＆マナーなのだろう。

日本における幕間でももちろん、シャンパンは愉《たの》しめるが、パンフレットを読み込んでいたり、音楽の余韻に浸っていたり。観客の興味はひたすら、音楽鑑賞にこそある。そう、日本のクラシック音楽ファンは、真面目で求道的。コンサート会場は、音楽的教養と法悦を得るための真面目な道場の趣すら在るのに対して、フォルクスの観客たちは、もしかして、劇場での社交の方が、音楽よりも重要なのではないか？　という〝転倒〟すら感じてしまうのだ。

実際、ウィーン在住の現地の友人たちと、オペラ鑑賞に行くと、カフェなどで軽く飲んで、終演後には遅いディナーを取る、という長きにわたる「社交」にお付き合いすることになる。しかしながらこれ、音楽に対しての集中力は相当体力がないと保てず、ひとりでコンサートに行って、音楽と対峙《たいじ》する日本での自分のスタイルに戻りたくなって、どっちもどっち。

フォルクスでは、劇場のロビーが手狭なので、観客は劇場から外に出て、劇場前のカフェなんぞは、まるで外出しのロビー状態にもなってしまう。この光景を見て、「もし、新橋のガード下近くに歌劇場があったら」とついつい夢想しちゃった私。そうすれば、オペレッタ「こうもり」の幕間に、外に出て焼き鳥一本とビールを堪能できるではないか⁉

いや、実は大正時代にそういったエンターテインメントのセンスが日本にも存在した。オペレッタ「ボッカチオ」から「ベアトリ姐《ねえ》ちゃん」というヒット曲が出て、大衆に大いに愛された浅草オペラである。このブームは関東大震災で消滅してしまったが、もしも、それが続いていたら、果たしていかなるクラシック音楽文化を生んでいたか、を想像するのも一興だ。

ロケットの打ち上げに立ち会うマナー

松井孝典

米国フロリダ州ケープカナベラルから、現地時間6月28日午前、国際宇宙ステーション（ＩＳＳ）への無人補給船「ドラゴン」が、ファルコン9ロケットによって打ち上げられた。「ドラゴン」には、千葉工大惑星探査研究センターが開発した流星観測カメラ（メテオ）が搭載されていた。宇宙から継続的な流星観測を行うためである。「ロケット打ち上げ」に立ち会う時は、どんなに入念に準備がなされていたとしても、予測困難な何かが起こりうるものだと考える心の準備が必要だ、そう考えながら空を見上げた。

打ち上げは初め順調そうに見えた。ほとんど雲のない青い空を、ロケットはオレンジ色の炎を噴出しながら、ゆっくりと上昇。2分くらい経過し、いよいよ2段ロケットに点火する頃、ロケットの姿が白い噴煙の中に消えた。ロケットの姿はそれ以上肉眼では追跡できなくなった。誰もが打ち上げ成功を信じ、互いに握手を交わし、屋外の追跡カメラによるその後の映像を見るため、米国航空宇宙局（ＮＡＳＡ）のＶＩＰ用観覧テラスから屋内に移動した。

メテオの打ち上げは、今回が2度目だ。２０１４年10月、別のロケットで、別の無人補給船に搭載して打ち上げたのが最初。その時は、直後にロケットが爆発。破片が飛び散る中、観覧施設から、走って駐車場まで逃げるよう指示された。その失敗にめげず、メテオの予備機を使い、今回の打ち上げに臨んだのである。

だが、屋内には、どこかピーンと張りつめた緊張感が漂っていた。どうやらロケットに何らかの異常があったようだ。しばらくして、「打ち上げは失敗」とのアナウンスが流れた。雲のような噴煙は爆発によるものだったのだ。

それにしても2回連続でロケットの爆発という異常事態を目撃するのは、「宝くじに当たるのと同じ」と言っていいぐらいの確率である。予測困難な事態への心の準備のおかげか、「なかなかできない経験だ」と思う一方で、体から力が抜けるような喪失感も交錯した。

筆者はこれまで、有人、無人を含めて、ロケットの打ち上げに5回立ち会った。そのうち国内の2回は、発射直前に不具合が生じ、打ち上げ延期になった。メテオに関しては前に述べたように2回、打ち上げ後の爆発を目撃した。

筆者が眼前で見た唯一の成功例は、２０１１年5月のスペースシャトル打ち上げである。オレンジ色の噴煙に包まれて、巨大な機体がゆっくりと上昇を開始した。しばらくして腹に響くぐらいではすまない、全身が揺さぶられるような衝撃が伝わり、とてつもない音も聞こえた。その経験はまさに感動的であった。

そんな体験も、これまた、事前には予測できないものだったことは言うまでもない。

ドレスアップのマナー

湯山玲子

パーティー文化がある欧米では、ドレスアップの機会は多い。私は過去にさんざん海外文化を取材したので、オペラハウスから、官僚の私邸で開かれるカクテルパーティーまで、その現場を熟知していたはずなのに、よもやの大失敗をしてしまった苦い経験がある。

それが起こったのは、２０１３年のベネチア映画祭の授賞式。何で私がそんなところに出入りできたのかと言えば、坂本龍一《さかもとりゅういち》さんのお誘いがあったから。彼は審査委員長のベルナルド・ベルトルッチ監督のお声がけで、審査員参加が決定しており、その夏いっしょにご飯を食べていたときに、「映画祭に来れば、濃い舞台裏を見せてあげるよ」という甘言《かんげん》に、私はもちろんのこと、ノリノリで乗っちゃったからなのだ。

栄えある授賞式、ディナー出席のために、私はニナリッチのシルクのヴィンテージドレスをスーツケースにつめ、準備は万端だった。１９７０年代風のデザインが個性的な素晴らしい一着だが、私はそのドレスを、現場で選ぶことをしなかったのである。なぜ⁉ というならば、それはひとえに、会場に漂うリゾート万歳の雰囲気が原因だったとしか言いようがない。ビキニや短パンのドレスダウンが普通である光景に感化され、すわ、授賞式、となったときに、一張羅《いっちょうら》が何だか重苦しく見え、ついつい、気軽な麻のエスニック風ドレスの方を選んでしまったのである。

さて、メイン会場に到着したとたん、私は激しく後悔した。先ほどまでのユルい雰囲気は一掃され、そこはロングドレスを着たセレブたちの社交界と化し、映画祭スタッフですら、家に帰って美容院行ってきました風の出で立ちだ。今考えると、私のエスニック風もそれなりのモードなシロモノだったのだが、宝石とシルクの中では、野に咲く雑草の一輪のごとし。おまけに、パソコンの入ったトートバッグをクロークに預けられなかった私は、そんな場違いの荷物を持ちつつ、レッドカーペット入りする「教授」（坂本さん）の後を、場違い感丸出しでついていったわけだが、まあ、その気分はしいて言うならば「召し使い」そのもので、完全に位負けしてしまっている。

日本人のファッションセンスには、「盛って着飾るよりも、引き算の美学」という「粋」の感覚があるが、それと、欧米のドレスアップコードとは異なるものなのだ。そんな中で、私の気持ちをなんとか支えてくれたのが、アラン・ミクリの銀ブチメガネ。そのアバンギャルドなデザインによる底上げで、なんとか顔まわりだけは、ドレスアップの面目を保てたのが、救いといえば救い。欧米ドレスアップに際しては、謙虚や引き算の弱気はダメ。このことを身をもって知った夏だった。

舌が
肥えちゃう
マナー

所変わればのマナー

野沢直子

日本食は、アメリカではとても人気がある。私が渡米した１９９１年あたりは、ニューヨークでは「Ｓｕｓｈｉ」「Ｔｏｆｕ」が大流行していた。日本食レストランに行くと、みなさん慣れない手つきでお箸を使って、美味しそうにお寿司を食べていた。

だが、そうして何回か日本食レストランに行っているうちに気付いた事がある。日本人の私からすれば寿司と言えば握りであるが、どうもアメリカ人には巻物が人気があるらしく、ほとんどの人が巻物を中心に食べているということだ。

そのせいか巻物は種類も豊富で、まぐろとマカデミアナッツの巻物とかサーモンのさしみとクリームチーズの巻物とか、日本人からすれば考えられない組み合わせの物もあって、時々笑ってしまう。だが食べてみると、意外と美味しかったりするのだ。

巻物ばっかりなんてお寿司じゃないなどと言わず、アメリカにいる時はこのアメリカナイズされたちょっと変わった巻物も食べるようにしていたら、それはそれで好きになってきた。

更にそれは実は日本食ばかりでなく、ピザもアメリカで売られているピザはアメリカ人に好まれるように生地を厚くしてあって、本国イタリアのピザとは全然違うのだと知り、メキシコでも今よく食べているブリトーは実はアメリカでこの形になったのだということを知った。

アイディアだけを輸入してきて、あとはその土地でも受け入れられるように改良されて生まれた食べ方。違う国に渡ればその発想もまったく違って面白いし、要は美味しければいいのだ。

今はアメリカは空前のラーメンブームで、あちらこちらにラーメン屋が出現していて、日本人が経営するラーメン屋なら日本で食べるラーメンの味と同じであるが、そうでない場合はまたラーメンにトッピングとして餃子や唐揚げを入れてしまうという日本人的にはひっくり返ってしまう光景が見られる。だが意外とこれも美味しかったりするから本当に面白い。

こうして美味しく食べられるものもたくさんあるし、食わず嫌いしていたら人生損している気にもなるのでなるべくいろいろ挑戦しようと思っているが、あまりに発想が違うので「さすがにそれは……」と脳が否定してしまう場合もあった。たとえば、「ブリトー寿司」。そう、巻物の寿司を、海苔のかわりにトルティーヤで巻いたものであった。

そして、一番だめだったのが「東京バーガー」。これはハンバーガーの肉の上に、ガリがたくさん載っていて、わさびマヨネーズがかかっているというものだった。肉の上にガリ。実は美味しかったのかもしれないが、これはもう視覚的にだめだった。

まあ、食べたら話のネタにはなったのかもしれないが。

好き嫌いのマナー

柴崎友香

その食べ物は苦手で、と言ったとき、「なんで？」と驚いた声が返ってくることがある。

「なんで？」のうしろには、高確率で続きが省略されている。「おいしいのに」。

気持ちは、わかる。わたしだって、自分の大好物を食べられないと言われたとき、つい思ってしまう。こんなにおいしいのに！ と。

わたし自身は、食べ物の好き嫌いは、ほぼない。幸いなことに、アレルギーもない（メロンを食べるとのどが痛くなるのはアレルギーの症状らしいが、まだ違和感程度だ）。なにごとにも好奇心が勝ってしまう性格なので、外食の際も「知らないメニュー」「食べたことのないメニュー」が選ぶ基準。当然、失敗したと思うことも度々あるが、それでも、もしかしたらとんでもなくおいしいかもしれない、と思うと食べずにはいられない。

子供のころは、嫌いなものばかりだった。生野菜は一切だめ、魚も嫌いだった。それが、成長するにつれ味覚が変わったのもあるだろうし、産地で新鮮なものを食べたら印象が変わったこともある。

だからなんでも、そのうちに食べられるようになるのだと、信じてきた。

ところが。どうしても、いつまで経っても食べられないものが、現れた。パクチーだ。シャンツァイ、コリアンダーとも呼ばれる。以前はアジア系の料理店でしか出てこなかったが、最近はカフェのランチなんかでもうっかりすると入っている。ほんの少しでも口に含んでしまったら、一日中、味が離れない。

それでもいつかは、と希望は捨てずに来たのだが、パクチーを受け付けるかどうかは遺伝子で決まっている、という説を知り、さすがにあきらめざるを得ないと気持ちが傾いている。味覚や嗅覚に関する細胞に個人差があって、同じ食べ物でも人によって受けとる味が違うのだ。それに、においや味に対する感覚は、生理的なものというか、自分でコントロールできない部分が大きいには違いない。「なんで？　こんなにおいしいのに」と言われても、どうしようもない。

好き嫌いは、特に子供のころは体のことを考えて心配になる。極端な偏食は健康上よくないだろうし、食わず嫌いはもったいないと心から思うけれど、おいしくない、食べてもつらいものを、無理に食べることはないと思う。なにかのきっかけで食べられるようになったり、興味を持ったりすることはあるのだから、その出会いを待つのもいい。

好きも嫌いも、自分の味覚と人の味覚を混同しないようにしたい。

このごろは、「苦手なものはございませんか？」と聞いてくれるお店も多い。好きな味を楽しめばいいと思う。

道場の食事のマナー

大下一真

食卓を囲んで楽しい会話をしながらというのが食事の理想のようだが、私ども臨済宗《りんざいしゅう》の修行道場ではまったく違う食事の伝統スタイルがある。

道場の食事は、朝は六時前、昼は十時、夕食は四時。持鉢《じはつ》というマイ器《うつわ》を持ち、朝は粥、昼は麦飯に味噌汁、夕食は残り物を煮た雑炊で、加えて梅干しと沢庵漬《たくあんづけ》は必需品である。作法は簡単に説明出来ないが、無言で、食べる音、器の音を立てず、出されたものは残さずいただくのが基本である。

そして、朝と昼の食事には経と偈《げ》を唱える。この偈の中に食事に対する思想が込められているので、今回はその一つ「食事五観文《じきじごかんもん》」の中の一行を紹介する。

一つには功の多少を計り彼《か》の来処《らいしょ》を量《はか》る

訳せば、「この食事がどうしてできたかを考え、調《ととの》うまでの多くの人の働きに感謝致します」ということである。食事は、まず感謝から始まる。思えば本当にたくさんの人々のお陰で、ここに食事がある。その具体を一つ書くならば、沢庵漬だろうか。

江戸初期の禅僧沢庵が発明したという大根のぬか漬けは、時によれば唯一の副食であり、食べ終わったマイ器をとりあえずお茶で洗うのに使う機能も持つ。

その沢庵は自分たちで作る。材料となる大根は、円覚寺の場合、三浦半島の先端、世評高い三浦大根の産地の農家から頂戴する。正確に言うと、大根を頂くための托鉢《たくはつ》をするのである。円覚寺の末寺二ヵ寺の檀家には寺からおふれが廻っていて、托鉢が来るのにそなえて大根を用意してくれている。お経を誦《じゅ》して大根をいただき、寺に運んで庭にしつらえてもらっている柵にかける。中には「おお、抜いとくの忘れてた。そこがうちの畑だから適当に抜いて持ってってよ」などという場合もある。一月中旬の大根托鉢、略して大根鉢は、恒例行事である。寺の庭の柵に吊されて水分が失せた頃を見計らって、大根は借り物のトラックで道場に運ばれ、沢庵漬にされる。

　一つには功の多少を計り彼の来処を量る

と食事前に唱える中に、大根農家への感謝が込められるのであり、そのように自覚してみると、一切れといえども無駄には出来ない、してはならない。いかに辛《から》かろうともかみしめていただくとなれば、喋りながらというわけにはいかない。おのずから無言で、静かに、出されたものは残さずいただくことになる。

ちなみにこの「食事五観文」の原典は道宣律師《どうせんりつし》の『四分律行事鈔《しぶんりつぎょうじしょう》』であると言う。中国唐代のことだから、千四百年ほど昔に発祥したことになる。まさに生きた化石のような感がしないでもない。しかし、世間様とは違う価値観のもとで、道場ではこのような食事が続けられているのである。

蕎麦を食べるマナー

湯山玲子

「思えば遠くへ来たもんだ」

と、これは、海援隊の楽曲のタイトルだが、国連教育・科学・文化機関（ユネスコ）の無形文化遺産に登録された和食の数々に舌鼓《したつづみ》を打つ外国人たちの姿を見て、私はいつもそう思う。

外国人たちに和食が響いたのは、彼らの中で「和食はヘルシーだ」という意識が生まれたからにほかならない。日本人が発案した、マクロビオティックという穀物と菜食を中心にした食事法は、セレブをはじめ欧米では大人気。中でも蕎麦《そば》は、マクロビオティックを実践し、手軽に和食を体験できる食材として普及しており、意識の高い家庭のキッチンの片隅には、たいてい二八蕎麦の乾麺がパスタの隣に置かれていたりする。

しかし、蕎麦を食べるマナーで、外国の食文化とは大きな隔たりがある。

「ズズッと音を出してすすってこそ美味しいし、粋」という我が国の作法は、残念ながら、日本以外では御法度《ごはっと》。欧米ではスープはもちろんのこと、パスタなどの麺類はフォークでしっかりと巻き取ってから口に入れるので音は出ないのだ。中国文化圏でも、レンゲを使って、あまり音を立てないように食べる。欧米ではかなり厳格なマナーであり、日本人が無意識に「ズズッ」と音を立てて食べると、周囲のテーブルから冷たい視線が飛んでくるのは本当なのだ。

日本人にとって蕎麦は寿司と並んで、根本に「江戸の粋」という文化コードがある食べ物である。江戸の一般庶民は、寿司や蕎麦など短時間で食べられる、当時のファストフードに通い詰め、客同士の「粋の競争」から、独特のマナーが生まれた。たとえば、蕎麦に関しては、「長居するのは野暮」や「ちょこっと汁を付け、音を立ててすすり込むのが粋」といった作法である。

なぜ、これらが生まれたのか？ に関しては私自身の仮説がある。あのすする音は、「俺の方が粋」という表現行為で、暴走族がやるクラクションの応酬と同じなのではないか、と。江戸の働き手の多くは、田舎から来た若い独身男性だったので、そういうことも起こりそうでしょ？

しかし、先日、東京・赤坂の蕎麦屋で、びっくりするような光景に出会ってしまった。外国人ビジネスマンが蕎麦を食べていたのだが、そのすする音の大きいこと！「蕎麦を食べる正式マナーは音を立てて、勢いよくすするべし」という我が国のマナーへの過剰な適応力についついしのび笑いをもらしてしまった私。

思い起こせば、ニューヨーク発の飛行機に乗り合わせたアメリカ人カップルが、機内食の蕎麦を汁は汁として飲み干し、麺に砂糖をかけて食べていたのを見て仰天したのが20年前のこと。

思えば遠くへ来たもんだ……。

りんごのマナー

ねじめ正一

このところ小説の取材のために長野市に出かけることが多い。取材のメインは、俳人小《こ》林《ばやし》一茶《いっさ》の句を理解するために、一茶の生まれ育った北信濃の風土と、りんご園の風景を体感することである。

長野と言えば青森に次いでりんごの生産量第2位の県だ。その中でも私が取材している長野市長沼《ながぬま》、豊野《とよの》地区はりんごで有名だ。ところがりんご園の風景については、取材を始めたのが２０１５年の深秋からなので、収穫を終えたばかりのりんご園と、雪の中に枯れ木のように立ち並ぶりんごの木々しか目に入ってこない。それで、毎日いろいろな品種のりんごを食べ比べながら、白いりんごの花の匂いや、たわわに実っているりんご園の風景をイメージしている。

小説の主人公は、りんご園でも短い期間だけれど働き、長野市内で和菓子職人の修業をする設定なので、書き進めるうちに、主人公が生のりんごを使った何か目新しい和菓子を、発案できないものかと考えるようになった。

りんごを使った菓子といえばアップル・パイ、りんごのタルトしか思い浮かばず、どちらも定番中の定番の洋菓子だ。先日も、長野の和菓子屋でりんごを使っている商品があると耳にして、参考にしようと早速手に入れたが、バウムクーヘンの間に砂糖煮のりんごのスライスが挟んであるもので、やはり、和菓子ではなく洋菓子だった。

去年、取材先の和菓子屋でおやつに買った焼き菓子「りんご娘」も、白餡《あん》の中に細かく刻んだ砂糖煮のりんごが入っているもので、目新しい和菓子ではなかった。パイにしろタルトにしろ、バウムクーヘンにしろ焼き菓子にしろ、どれも美味しいのだけれど、りんごを砂糖で煮ているので、生のりんごの持つ軽快な歯触りと清涼感がない。小説の主人公には、読者に「食べてみたい！」と思ってもらえる、今までにない新鮮な和菓子を作らせたいのだが、いいアイデアが浮かばない。

思い余って和菓子屋を営んでいる友人に聞くと、同じ果物でも「いちご大福」がヒットしたのは、生の苺の食感と餅と餡が喧嘩《けんか》しないからで、生のりんごは硬くて喧嘩してしまうから、和菓子には向かないと言う。それでも、私が彼に食い下がって、「じゃあ、りんごを薄くしたらどうだろう」と言うと、「それじゃあ、ねじめの追求したいシャキッとしたりんごの食感がでないよ」と、一蹴されてしまった。

悔しいから、家に帰って、シャキッとした食感のままりんごをハチミツに漬けたり、煮ないで砂糖を振りかけてみるが、どれもうまくいかない。

結局、生のりんごを使った画期的な和菓子を作り出せないまま、毎日毎日りんごを齧《かじ》っていたら、りんごは齧って食べるのが一番いいように思えてきた。〈一茶の句三つおぼえて草の餅〉

メニューのマナー

小島ゆかり

風邪気味のわたしの菌を怖れて、夕食はファミレスの出前を頼もうと家族の相談がまとまった。前に頼んだときにとっておいたメニューを見ながら、電話をかける。

「ええっと、牡蠣《かき》フライスペシャル弁当とぉ、チキン……」

「お客様、申し訳ありません。牡蠣フライスペシャル弁当はただいま、やっておりません」

「え、そうなの。前ありましたよね、ひじきやいろいろ付いてるの」

「はい、すみません。ふつうの牡蠣フライ弁当ならございます」

「じゃあ、ふつうの牡蠣フライ弁当と、チキン南蛮弁当と」

「お客様、ただいまチキン南蛮弁当はなくなりまして、チキン南蛮スペシャル弁当ならございますが」

「ちょ、ちょっと待って。前はそれ、なかったですよね」「はい、新しくできました」

つまり前にあった牡蠣フライスペシャル弁当はなくなり、ふつうの牡蠣フライ弁当になり、前にあったふつうのチキン南蛮弁当はなくなり、チキン南蛮スペシャル弁当が登場したのだ。ややこしやー。

「あと、海苔弁当と、これはありますよね。それからグリーンサラダ」

「申し訳ありません。グリーンサラダというのはなくなりまして、贅沢グリーンサラダならございます」「どうちがうんでしょう?」

「贅沢グリーンサラダは、粉チーズをトッピングいたしております」

というわけで、注文するだけでも風邪が悪化しそうだ。ふつうの牡蠣フライ弁当と、チキン南蛮スペシャル弁当と、海苔弁当。それから、グリーンサラダと中身は同じで粉チーズがかかった贅沢グリーンサラダ。こうなると、自分が頼んだいつもと変わらぬ海苔弁当にいっそう愛着が湧く。

いったいどうしてそんなに変える必要があるのか。めんどうだから、牡蠣フライもチキン南蛮もみーんなスペシャル弁当にしたらいいじゃないの、と思う。しかしそれはちがうと娘は言う。

「みんなスペシャルになったら、それはもうスペシャルじゃないのよ」

「でも、牡蠣フライスペシャル弁当が好きだった人は、がっかりするんじゃないの」

「だって、ときどき変えた方がよけいにスペシャル感が増すでしょ」

そういうものか。しかし、〈スペシャル〉とか〈贅沢〉とか、メニューとしては平凡だなあ。驚きがない。

「たとえばビッグバンハンバーグとか妄想海藻サラダなんてどう? わくわくしない?」

「そんなアヤシイものだれも頼まないよ」

わたしのアイデアは、ふんと鼻で笑われたのだった。せめて海苔弁当だけは、どうかいつまでも、海苔弁当のままで変わらずにいてほしい。

病むお年頃のマナー

人間ドックのマナー

島本理生

二〇一七年は自著『ナラタージュ』が映画化されたこともあり、とても忙しかった。気持ちは充実していたものの、体力には限界があったのか、体調を崩すこともあった。

そんなわけで三年ぶりに人間ドックを受診した。

それにしても久々の人間ドックは予想外に快適だった。腹部のエコー検査ではゼリーを塗った機械でぐりぐりと腹を押されるが、以前はこのゼリーが冷たくて、軽く身構えながらの検査だった。

ところが、機械を当てられて拍子抜け。ゼリーが温かかったのだ。些細なことではあるけれど、ただでさえ緊張している体に冷たいものが触れるのと温かいものが触れるのとでは、大きな差があることを実感した。

最後に体を拭くおしぼりを手渡されたが、そちらも人肌に温められていた。

余談だが、私は診察でもマッサージでも力を抜いたほうがいい場面で脱力するのが、わりに得意である。実家が鍼灸院《しんきゅういん》で、幼い頃からよく鍼を刺されていたからだ。力むと刺さりにくいし痛いので、ふうと力を抜くようにしているうちに、大抵のことは脱力したほうが上手くいくことを学んだのだった。

次に待ち受けていたのが、バリウムを使った胃の検査だ。

私はバリウムが大の苦手で、三年前は一口ずつ飲んで台の上で回転させられるという苦行に耐え切れずに気持ちが悪くなって中断したこともあり、非常に気が重かった。

それを知ってか知らずか、ベテラン風の大らかな先生が

「さ、次は美味しいバリウム検査ですよ！」

などと冗談を飛ばしたので、苦笑いするしかなかった。

ところが全体的に流れが改善されたのか、たまたまその先生が良かったのか、胃を広げるための炭酸を水で流し込んでからのバリウムへの流れがかなりスピーディで、体が拒絶反応を起こす前に準備が整っていた。

検査が始まると、先生はまるで名カメラマンのごとく、「そこで止まるっ」「もう少し右、そう、ＯＫ」「素早くこっち向いて」「いいね、がんばって！」などと私を励ましつつもバンバン指示を飛ばし、こちらも乗せられてがんばっているうちに、あっという間に検査が終了していたのだった。

先生の手腕に感謝しつつ、診察室へ戻って今日の結果を聞く。すべて問題なし。

ほっとしたところで昼食の無料券を手渡された。まさに至れり尽くせりである。

食堂は最上階にあり、青空と街が一望できた。

面倒だ、苦しい、と思えば人間は積極的になれないもの。ほんのちょっとの気遣いで、健康に気を付けようと前向きな気持ちになれることを人間ドックに学んだ一日だった。

嘔吐のマナー

松任谷正隆

嘔吐、という言葉に弱い。こうやって書くだけで気分が悪くなる。そんな歳で何を言っているんだ、と言われそうだが、歳を取ってもだめだった。他のいくつものトラウマは乗り越えられたのに……。

子供の頃、道ばたに嘔吐物があると一瞬ハッとし、それから目をそらして息を止め、道の反対側に渡った。それがどんなに遠回りになろうと、必ずそうした。登校時に見たら、帰りが憂鬱になった。あれをまた見なければならない。見たくない。違う道があれば良かったのに、と一本道を恨んだ。

嘔吐に対するトラウマはそんなにあったようには思えない。自分だって吐いたことはある。覚えているのは3回だ。鶏すき屋から帰って吐いた5歳の頃。家でラーメンを食い過ぎて吐いた10歳の頃。最後は風邪で具合が悪くなって吐いた中学1年のときだ。

その時に気付いた。自分では片付けられない……。怖くて気持ち悪くて片付けられないのだ。実を言えばそれから吐いていない。つまり50年以上、嘔吐というものを経験していない、ということになる。自分で片付けられないものを自分でやってしまってどうする。

30歳前に尿管結石になった。あまりに苦しくて吐きそうになった。ゴキブリのように這いつくばりながら、腕にはしっかりとバケツを握った。万が一のときはこれを使おう……。使わずに済んだのは本当にラッキーだった。ノロにやられたときもそうだ。またまたバケツを握りしめて救われた。バケツは案外吐き気に効くのかもしれない。いやいや、そんなことはないな。普通の人ならあれで油断をしてアウトになるはずだ。

そういえば、結婚前、かみさんがバンドの合宿場で気分が悪くなり、共同の洗面のところで吐いた。僕はいいところを見せようと、つまり背中をさすろうと後ろから近づいた。手が背中に届くか届かないかのところまで行って、諦めて逃げた。トライしただけ偉い、と思う。今だったらあんなこと絶対にするものか。

僕は世にも珍しい嘔吐恐怖症だ……と、長年悩んでいたのだけれど、あるとき同類がずいぶんいることに気付いた。嘔吐が怖い人は結構いるのだ。もちろん胃カメラなんて無理。そんなことするくらいならすぐに切ってくれ、と言う連中だ。その逆に、吐くのが全然平気な人たちもいる。口に指を突っ込んで簡単に吐けるらしい。想像するだけで首筋が硬直してくる。何だそれ。自然の摂理《せつり》に反してるぞ。間違いなく……。

で、お願いである。どんなに催しても、ちょっと道ばたで、なんて思わずに、どうかトイレでひっそりとやって欲しい。しかも、なるべく静かに、だ。

心と体のマナー

小島ゆかり

心「調子はどうですか？」
体「まあまあです」
心「夏風邪、治ったようですね。ずいぶん長引いたじゃないですか」
体「ひどいめに遭いましたよ。ちょっと喉《のど》が、から始まってまさかあんなにひどくなるとは」
心「風邪って、そういうもんでしょ。甘くみるからいけないんですよ。だいたいあなた、ふだんから健康を過信して、具合悪いときも、チョロチョロしてるから」
体「チョロチョロって。具合が悪くたって休めない仕事があるんです」
心「そうかなあ。そう思い込んでるだけなんじゃないかなあ」
体「フン、あなたとちがってわたしはたいへんなのよ。仕事のことや家のことや、あっちもこっちもがんばらなきゃいけないから」
心「わたしだって、がんばってますよ」
体「あなたなんて、しょせん人目にふれないで、モヤモヤしてるだけだから楽なもんよ。わたしは日々、重力と闘いながらがんばってるのよ」
心「ほらァ、そういう感じがだめなんだなあ。がんばるって、漢字で書くと頑固の頑に主張の張、つまり頑なに我を張ることだよ」
体「ええっ、我を張るって、それはあなたでは……」
心「いいえいいえ、わたしは柔軟です。だってわたしは年をとらないから」
体「……。あなたは年をとらないの？　ほんとうに？」
心「とりません」
体「でも、人間ドックの老年用のチェックシートに、〈わけもなくさびしくなる〉って、あったよ。○《マル》でしょ、あなた」
心「わかってないねェ。○ですよ、○ですけど、それは年だからじゃなくて、詩人だからですよ」
体「詩人ねえ」
心「そう。わたしは詩人でも、あなたは年金受け取りのお知らせが来るような年になったってこと、忘れないで」
体「う、うん。なんだかわたしって損な役割」
心「とんでもない、いつも支え合ってるじゃないの」
体「……」
心「とにかく、らくーに楽しく暮らしてほしいのよ、あなたには」
体「あなたにはって、それ自分でしょ」
心「そう、あなたはわたしだから」

スーパースターのマナー

ねじめ正一

俳優の塩見三省《しおみさんせい》さんが、朝のテレビ番組に出て、闘病生活のことを語っていた。塩見三省さんといえば凄味のある悪役から、朝の連ドラ「あまちゃん」で穏やかな琥珀《こはく》の勉《べん》さんを演じる芸域の広い役者さんである。ところが画面で見る姿は痩せてインテリ風の学者のようだった。彼が２０１４年に脳溢血で倒れたことはまったく知らなかったので、「大変だったんだなあ」と思いながら観ていたら、彼が長嶋茂雄《ながしましげお》さんのことを話し始めた。

塩見さんと長嶋さんとはリハビリ施設が一緒だったらしく、長嶋さんのリハビリする姿を柱の陰からそうっと見て、勇気をもらったこと、写真を一枚だけ一緒に撮ってもらったこと、そして、仕事に復帰できたことを語っていた。

彼の少し不自由な口から出てくる長嶋さんの話は、テレビで映し出される長嶋さんのどんなリハビリ映像よりも、長嶋さんに近しい人が語るどんなリハビリの話よりも、私にはリアリティーがあった。長嶋さんのリハビリに向かう姿の凄まじさが、きちっと伝わってきたのだ。

塩見さんも私と同じ団塊の世代だから、長嶋さんの現役時代の素晴らしいプレーの数々を見て胸躍らせ、長嶋さんが引退してからもずっと「長嶋茂雄」に憧れ、役者の道を頑張ってこられたに違いない。

だから、塩見さんにとって、病魔に襲われ、自由にならない身体になってリハビリをする長嶋さんも、「スーパースター・長嶋茂雄」なのだ。

それは、私にとっても同じことだ。

もしも私が塩見さんと同じ境遇になり、たまたま長嶋さんと同じリハビリ施設で、リハビリで頑張る長嶋さんを垣間見ることができたら、意志の弱い私でも自分の身体の不自由さを嘆くことをやめて、堂々とリハビリに励もうと思う。

私の父は、57歳の時、長嶋さんと同じ脳梗塞で倒れた。危機を脱した後、リハビリの専門病院に入院したが、リハビリを嫌がり一生懸命にはしなかった。退院する日も車椅子に乗り、人に顔を見られたくないと言って、頭からタオルを被っていた。

「野球は人生そのものだ」は、長嶋さんの座右の銘であるが、私の座右の銘は「長嶋茂雄は私の人生そのものだ」である。

長嶋さんは、輝いている時だけが「長嶋茂雄」でなく、病気で倒れ、人生のピンチになったときでさえも「長嶋茂雄」であり、私たちに希望を与えてくれる真の「スーパースター」である。

テレビで塩見三省さんが語った長嶋さんのエピソードのお蔭で、スーパースターとの正しい向き合い方を教えていただいた。〈球春は長嶋茂雄のことである〉

男と女の禁断のマナー

夜道のマナー

小島ゆかり

晩秋は日暮れが早い。夕闇の帰り道が、たちまち濃紺の夜道になる。最寄り駅からわが家までは、徒歩十五分、待ち時間十分前後のバスで五分。歩こうかバスを待とうかいつも迷う、微妙な距離である。

その夜は秋らしいひんやりした空気が心地よく、歩くことにした。駅のロータリーを抜け商店街を過ぎ、住宅街にさしかかるころ、後ろからぴったり付いてくる足音に気がついた。わたしの靴音よりも明らかに大股でしっかりとした、革靴らしき音。コワイ。こういう場合は斜め前へ移動して、後ろの不審者（?）の動きが視野に入るようにせよと、乙女時代に教えられた。斜め後方に、黒っぽい服装をした男性が見える。少し早足で歩くと、後ろの人も早足になる（気がする）。来たかあ……。不運なことに、もうすぐ公園の横を通る。常緑樹が多くて、夜は闇に包まれる公園。悪事にはうってつけだ。

まてまて、わたしはもう孫もいるのだ。いくら夜道でもそれはないだろう。すると目的は体でなく鞄か? 「だれでもいいから刺したかった」という場合もある。しかし、そんな気持ちのときに革靴をはくだろうか。いや、いつだって人は謎なのだ。

ひんやりどころか、汗をかきながらめまぐるしく自問自答するうち、ふと思い出す。前にも同じ状況があったなあ。そのときは、わたしのスカートの後ろのファスナーが開いていることを教えてくれようとして、しかもほかの人に聞かれずに教えてくれようとして、その人は追いかけて来たのだった。今よりずっと若かったわたしは、早足で逃げながらついに切羽詰まって、ふりむきざまに、「なんなんですか！」と叫んだのだった。

そういえば、小学校五年か六年のとき、はじめて防犯ブザーを持たされた。半世紀も前の平和でのどかな町に、少女を狙う痴漢が出るらしいとの噂が立ったからだ。防犯ブザーは乾電池式で手のひらぐらいの大きさ。逆三角形の上の部分に、プラスチックのチップが差し込まれてある。本体と紐《ひも》でつながったそのチップを引き抜くと、ブザーが鳴る仕組みになっていた。

そうか、変な人が来たらこの紐を引っ張るんだなと心のなかで何度もシミュレーションするうち、あるときどうしても試してみたくなり、紐を引っ張ってしまった。ブウウウ！　ブウウウ!!　予想以上の大きな音にびっくり仰天してブザーを投げ出した拍子に、チップはどこかへ飛び、すぐさま駆けつけてくれたタバコ屋のおばさんが、鳴り続けるブザーを必死で押さえながら、紐つきチップを捜してくれたのだった。タバコ屋のおばさん、なつかしい。

おお、気づけばもうわが家のあるマンション入り口まで来ていた。そして後ろの人も、同じマンションの人だった。

海外交流のマナー

湯山玲子

新婚旅行の行き先はモロッコだった。

その理由は、当時の私が、ポール・ボウルズの原作をベルナルド・ベルトルッチ監督が映画化した『シェルタリング・スカイ』の映像美に強く惹かれていたから。映画自体は、モロッコにやってきた夫婦が過酷な運命に翻弄されるという、新婚旅行にとってはかなり不吉な内容なのだが、私自身はそういうゲンは担がない方。それよりも、二人の初めての共同作業である旅は、ハードルが高いほど盛り上がるに違いない、と初めての中近東エリアを選択したのだった。

いや、確かにハードルは高かった。なぜなら、マラケシュでは、新婚旅行だというのに、私が女子大生の下宿、夫が大学の男子寮に別々に泊まり、夕食の時しかお互いに会わない、という数日を過ごすことになってしまったのだから！

それというのもカフェでお茶を飲んでいたら、大学生集団に英語で話しかけられて、結果「日本人にもっと自分たちの生活を知ってもらいたいから、ホテルをキャンセルして寮に来い」ということになり、私たちも私たちで、「五つ星のホテルよりも、こっちの方が面白いぞ」とその話に乗ってしまったからなのだ。

私が泊まることになった、女子大生3人の下宿は、基本、畳のような床座り仕様。絨毯《じゅうたん》の上で、寝っ転がって、夜な夜なおしゃべりをする、という女子会お部屋バージョンのマナーは、日本もモロッコも全く同じだった。

ただし、飲酒がご法度のイスラム教徒である彼女たちとの女子会に出てくるのは、お茶とお菓子。そのお茶は生のミントをぎっしりポットに入れたハーブティーで、極甘《ごくあま》のモロッコ菓子とともに食すと、アルコールよりも気分がハイになるのが、不思議なところ。

さて、そろそろ寝よう、ということになり、それぞれのマットレスに横になってしばらくすると、月明かりの中、彼女たちからひそひそ話と忍び笑いが漏れてくる。「何なのさ！」と声を荒らげたら、「日本人はみんなそういう姿で眠るのか？」と尋ねてきた。何でも、モロッコでは人が寝るときのスタイルは「横になる」以外はなく、仰向けは、死体のソレでしか見たことがないという。本当に寝姿ひとつをとっても、お国ぶりのマナーは違うのだ。

ちなみに私は、毎日、ハマムという蒸し風呂銭湯に通ったり、いっしょにパンを作ったりして、楽しい毎日を送ったのだが、男子寮に泊まった夫は毎晩、いろんな学生が部屋にやってきて、政治や経済の話をふっかけられて、応戦にヘトヘトだったそう。こちらの方は、私たちにも身に覚えのある、男と女の社交マナーの違い、である。

国同士のプライドをかけて、競った結果の「男はつらいよ」は、世界共通なのでした。

本当の男のマナー

ねじめ正一

野坂昭如《のさかあきゆき》さんが２０１５年12月に亡くなった。私は学生時代から野坂さんの作品やパフォーマンスが大好きで、一方的なファンだった。その野坂さんと、テレビや文芸雑誌の仕事で会う機会が何度かあり、その中で、一番思い出に残っているのは、二十数年程前に野坂さんと新幹線の中で会った時のことである。

私が名古屋から新幹線に乗って、自分の席に向かって歩いていたら、カーキ色の素敵な帽子を被った野坂さんが、酔っ払って眠っていた。目を覚まされたらご挨拶に、と思って、斜め前の野坂さんの姿をときどきちらほら見るのだが、野坂さんは目を覚ます様子がない。

そんなこんなしている内に、東京駅に着いてしまった。それでも野坂さんは目を覚まさないので、私は思い切って「野坂さん！」と呼び起こすと、野坂さんはやっと目を覚ました。「お久しぶりです。ねじめです」と言うと、「おお、お前か」と返事をした。今思うと、自分の無礼さに恥ずかしくなるが、私は間髪容《い》れずに、「野坂さんのそのカッコいい帽子を下さい」と言うと、野坂さんは驚きもせず、不快な顔もせず、被っている帽子を脱いで、私にくれた。そして、さっと立ち上がり、「ねじめ、銀座に行こう」と言うのだ。下戸の私が野坂さんと銀座のバーをハシゴして、今度は「オレの家に来い」と言う。夜中に申し訳ないと思ったが、こんなチャンスは二度とない。野坂邸にお邪魔すると、応接室に通され、「ちょっと待ってろ」と言って応接室を出て行った。野坂さんは、三十分経っても戻って来ない。酔いをさましていたのだろう。やっと現れたかと思うと、「さあ、ねじめ、帰るか。送るぞ」と、下駄を履き、速足で環八らしき広い道路に出る。

私のために野坂さんは手を挙げてタクシーを止めようとするが、タクシーはなかなか止まってくれない。すると、野坂さんは道路に勢いよく飛び出し、タクシーの前に立ちはだかりタクシーを止めた。こんな命知らずのタクシーの止め方をする人を初めて見た。

阪神淡路大震災のすぐ後には、野坂さんから防災グッズが届き、そのことを俳句を通じた友人の女優さんに話してみた。すると、彼女が言うには、野坂さんは、彼女がお米が好きな事を知って、家までお米を担いできてくれたことがあった。愛用の帽子を迷うことなくくれたり、体を張ってタクシーを止めてくれたり、用心にと防災グッズを送ってくれたり、野坂さんは本物の男のマナーとはこういう事なのだと教えてくれた。

今でも、野坂さんから頂いた帽子は大事に被っている。〈二月はつべこべ言わず野坂昭如〉

女子会のマナー

島本理生

世の中には色んな意見があるが、個人的には「女子会」というネーミングが好きである。単に飲み会というよりも華やかだし、なにより大人の女同士ともなれば、それぞれに働いていたり育児中だったりして、気軽に声をかけるのを遠慮してしまったりする。

そんなときに「女子会」という名称は、使い勝手がよくて便利なのだ。

先日は女性五人で、恵比寿の立ち飲みのてんぷら屋に集合した。

店に入ると、意外にもお洒落な女性客でにぎわっていた。

今は立ち飲みでもワインバルでも、とにかく女性が多い。たとえば大変な仕事が終わった後に一息つきたいのは、女性だって同じなのである。

とはいえ家庭があるのに飲んでいては、と育児の専門家の方に一度相談したら、

「不機嫌や疲れを家に持ち帰るくらいなら、外で軽く切り替えて帰ったほうが家族にとっても健《すこ》やかです」

と言われて驚いたことがある。

呑みすぎはまずいけれど、喋って飲んで楽しげな女性たちの笑顔を見ていると、そのエネルギーの源となるものの大事さを実感したりもする。

ところで私はよく取材で地方に行くものの、荷物が増えるのでお土産を買うことはほとん

どなかった。

ところが女子会に行くと、誰かがかならず素敵なお土産をくれるのでびっくりした。

NYやパリの文具、今治《いまばり》のハンドタオル、南米の石鹸《せっけん》……お洒落なお土産は目にも嬉しいし、次は自分も買ってこよう、と思うようになった。

旅先でちょっと気の利いた物を探すようになると、以前よりも丁寧にその土地の名産品を見るようになる。それもまたいい時間だと感じる。一度、仕事で秋田に行ったという編集者の女性が「お土産買ってきました」と笑顔で小袋を取り出した。

帰宅後、カバンを開けたらぷーんと燻製《くんせい》の匂いが……。

お土産の正体は燻《いぶ》りがっこだった。お酒好きのセンスに思わず笑った。

せっかくなので刻んでクリームチーズと和えて、日本酒の肴《さかな》にした。甘い塩気にお酒がすすみ、すっかり酔いながら、気負わないことができるのも同性同士の楽しいところだと思った。

大人になるほど素顔の自分を出す機会が減る。仕事の場では仕事の顔が、家庭では妻や母親の顔が自然と身についてくる。

そして年齢を重ねるほど、愛情はあっても男の人には理解されないことがあると実感する。全部分かってほしいとがんばらずに、女同士にしか分からないことは女同士で、と、年々思うようになってきた。

女子会はそんな日常の「バランス」を担うものでもあると最近は感じている。

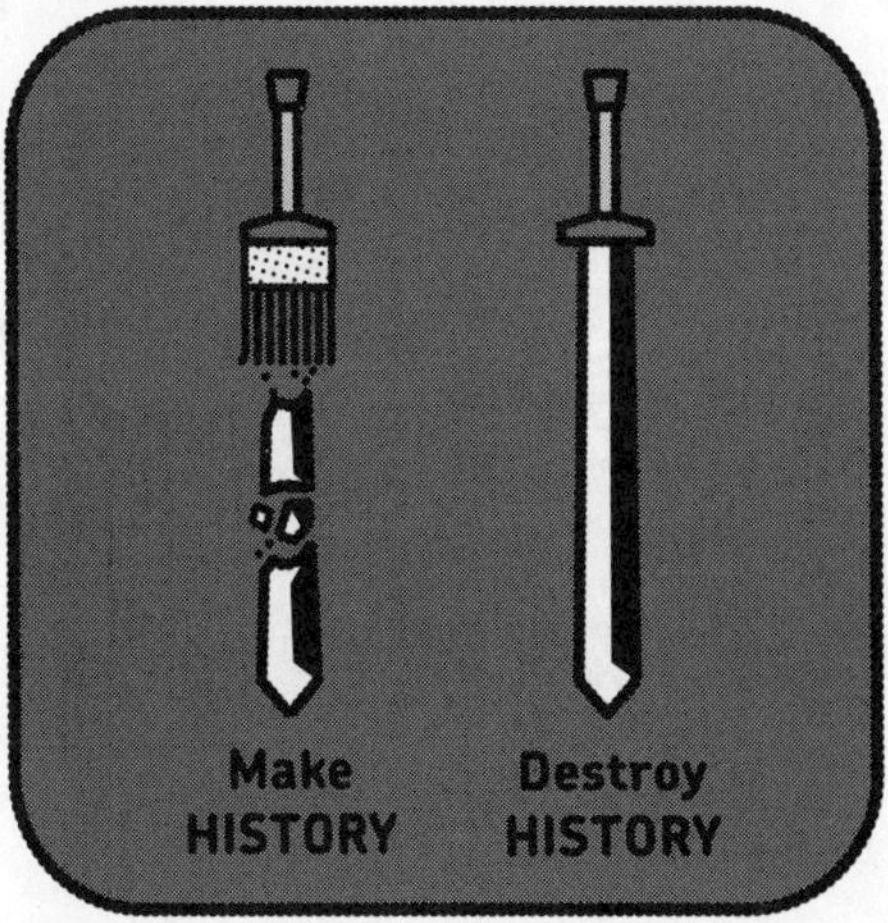

老いも若きも
マナー

駆け出しのマナー

松任谷正隆

1970年代の音楽制作現場は今とはまったく違っていた。

都内には大きな録音スタジオがいくつもあり、どこもいつもいっぱい。広い駐車場にはスタジオミュージシャン達の立派なクルマがはみ出さんばかりに停まっていた。ミュージシャンの総数は分からないが、実際は一握りの売れっ子達が毎日いくつものスタジオを飛び回っていたようだ。

1曲1時間なんて贅沢すぎるほどで、演歌なんかは1時間に3曲近く録《と》っていたらしい。まるでオートメーションだな、と思ったことを思い出す。

彼らが演奏するための譜面を書くのはもちろんアレンジャーの仕事。これまた一握りの売れっ子アレンジャーがほぼ毎日、徹夜のように作業しているんだ、と聞いた。駆け出しのアレンジャーだった僕は、スタジオに行けばロビーの隅の方で小さくなっていた。

今日はこのあと、どこへ行ってどこへ行って、などと大声で話すベテランミュージシャンたちに混じることも出来ず、自分の書いた譜面にこっそり目を通すだけ。

ロビーの一番いいところには「先生」と呼ばれる売れっ子アレンジャーが陣取っている。

そちらは堂々とラジカセから音楽を流し、譜面を書いていたっけ。

　僕は当時かみさんとつきあい始めたばかり。彼女は少しばかりスタジオ経験が長かったから、何かといろいろなことを教えてくれた。

　その中で最も印象的だったのが、東海林《しょうじ》修《おさむ》さんという一番の売れっ子アレンジャー（であり作曲家）の話だ。彼はラジカセを2台並べて、譜面を二つ並べ、それぞれに違う曲をかけながら右手ではこちら、左手ではこちらの曲を編曲するのだという。それくらいしないと間に合わないらしい。

　その話を聞いたとき、僕にはこの仕事を続けられる自信が全くなくなった。無理だ。頭の中を二分割にするなんて到底無理。ものすごく落ち込んだ記憶がある。だから受けられる仕事は時間がかかってもいいものだけ。細々とやっていくうちに時は過ぎた。40年ほど……。

　そして数年前、ついに東海林さんと話をする機会に恵まれた。もちろん僕が聞きたかったのはその話。彼は小さな声で笑ったかと思うと「そんなこと出来る訳ないじゃないですか」と言った。そして「もしそんな場面を見たとするなら、一台が壊れていたんだと思いますよ」と付け加えた。

　その瞬間、そうだよな、と激しく納得した。

　もしこれが駆け出しの頃だったら真実を教えてもらえたのだろうか？　いや、これで良かったのだと思う。

悪いことはできないのマナー

野沢直子

子育てというのは本当に大変な作業ではあったが、一人の人間の成長過程を真横でずっと眺めていられるという、長い長い長編映画をずっと観ているような醍醐味《だいごみ》もある。もちろん、その長編映画の中にはいいことばかりでもなく、自分が過去にしでかした悪行がブーメランの如く子供に返ってくる、という場面もある。

高校生の頃の私は、エネルギーが有り余っていた。休み時間に同じ部活の友達のクラスに遊びに行って大騒ぎして、授業が始まるチャイムが鳴っても廊下で友達と騒いでいて自分のクラスに戻らず、出席を取る際にいなかったためにその授業は遅刻扱いになったりしていた。二年生の終わりが近づいた頃、この校内に居るにもかかわらず自分の教室にはいなくて遅刻扱い、というのも六十回を超えていたそうで、母親が担任の先生に呼び出されて私は大学への推薦権を失ったという事実を告げられ、両親はかなり落胆していた。私の成績の悪さに関してあまり怒ったりすることのない両親だったのに、この事実はかなりこたえたようだった。

しかし、当の私はどこ吹く風で、そのことは全く気にもせず反省もせず、相変わらず授業のチャイムが鳴っても廊下でふざけるという日々は続いていた。

そこから約三十年ほどの月日が経った今から十年ほど前、現在は成人した娘二人は当時十代で、嵐のような反抗期を迎えていた。

ある日のこと、本人のプライバシーのためどちらの娘かは明らかにしないが、娘の一人の方のハイスクールの先生から電話があった。学校に行ってみると、「娘さんは毎日学校に来ているのですが、休み時間にどこかに行ってしまっているのか、授業開始の時間に教室にいないことが多く、それが遅刻扱いになっています」と言われた。あれ、どこかで聞いたような話と咄嗟《とっさ》に思ったのだが、私の能天気な脳はそれが自分のやったことと同じだとは即座に結びつけなかった。

「そして、その回数が今や六十四回になっていまして……」と言われて、ようやく自分の過去の悪行を思い起こし、意味が少し違っているかもしれないが「い、因果応報」と思わず日本語で独り言を言ってしまった。

悪いことはできないのだ。

自分と同じ行動、しかもなんの偶然かその回数も似通っているなんてと思ったら、鳥肌が立った。

そんなところは似なくていいのに、と思いながら家に帰って娘を注意すると、案の定娘はまったくもって反省しなかったが、これはさすがに叱れないなと思って私は黙ってしまった。

独創性のマナー

松井孝典

筆者が若い頃、科学者として最もこだわったのが独創性である。自分のアイデアが独創的である、という確信を持つために、関連する論文や本は事前には読まないようにした。そのアイデアが確固たるものとなって初めて、その独創性の確認のため、それらを読み漁《あさ》った経験がある。自宅地下の10坪ほどの書庫は、足の踏み場もないほどの本であふれている。今は読書三昧《ざんまい》ともいえる生活だが、当時は専門分野の本ですら、書評を頼まれた本以外はほとんど読まなかった。

研究テーマに関連する論文などを読まなくても不安はない。理由は簡単。これまで誰も手を付けてこなかった分野の研究を始めるのだから、先行研究がほとんど無いのだ。

手前みそで恐縮だが、筆者が若い頃書いた論文で「地球になぜ海ができたのか」というテーマが思い出深い。それ以前は火山活動から生まれた大気が蓄積して海ができたと考えられていたが、筆者は地球の元になる天体が衝突、合体を繰り返すうちに、蒸発した大気が冷えて雨を降らせ、海になったという新説を発表し、現在は定説になっている。

火山活動から大気が生まれることが常識だと思えば、それまでだが、思いこみを捨てることが研究者にとって重要だという考えは、今も昔も変わらない。

もっとも、都心に用事があるのに、電車を降りる駅を忘れて、いつも通り、勤務先の千葉に向かってしまうのもまた思いこみだ。日常生活ではなかなか実行できていない。

　常識にとらわれないという意味で、当時わくわくしていたテーマがある。

　トルコの遺跡を40年近く発掘している大村幸弘《おおむらさちひろ》博士が最近、大変な試料《しりょう》を発見された。紀元前２０００年紀に、最初に鉄器をつくったといわれるヒッタイト帝国時代の鉄を含む遺物と、それよりさらに４００年以上前と推定される、鉄の分銅《ふんどう》のような遺物だ。

　ヒッタイト時代に人類は、青銅器文明から鉄器文明へ移行したとされる。しかし、その移行が突然、なぜヒッタイトによってなされたのかは、ほとんど解明されていない。筆者はその理由を、地球に落下した鉄隕石が鉄器文明につながったのではないかと秘かに考えている。世界各地の神話や古文書には、彗星《すいせい》の分裂や隕石の衝突と推測される記述が、数多くあるからだ。

　文明史もまた、地球史や生命史と同じく、宇宙で起きる現象と関連しているのではないか。宇宙に開かれた歴史観のもとに、文明史を再検討する時代が迫っている。

　その頃、大村さんがその試料を持って帰国。今その5センチほどの大きさの試料は私の手元にある。これが本当に鉄隕石なら、世界史は大きく書き換えられる。詳細な分析にはまだ時間がかかるが、筆者の説が正しかったのかどうか、いずれ論文の中で発表したい。

物忘れのマナー

野沢直子

四十代後半、または五十代に突入した人全員にやってくる出来事であろう、「物忘れ」。ひとたびやってくると、これはすさまじい勢いで悪化していく。

人や物の名前が出てこない、昨日食べた物がぱっと言えない、急いでキッチンに行ったものの、なぜキッチンに来たのか思い出せないなど、もう日常茶飯事になってしまった。

先日友人とお茶を飲みながら話していた時、ふと「ネックレス」という言葉が出てこなくなって、「あれ、あれ」と言いながら首周りをぐるぐる指差す羽目に。友人に「あー、ネックレスね」と助けてもらってしまった。まるでジェスチャーでもしているようになってしまって、最悪だった。

なんとも嘆かわしいことであるが、同世代の友人たちは口を揃えて同じ現象が起きていると言う。これはもう仕方のないことらしい。

コーヒーメーカーに水だけ入れて、コーヒーを入れ忘れてお湯が出来上がる。長々とメールを書いておいて、送信し忘れる。コンタクトレンズを右目に二枚とも入れてしまって、ぎゃあと叫ぶ。酷いものである。

これらの行動は後から笑い話にもなるのでよしとするが、困ってしまうのはやはり人の名前である。頻繁に会っている人や、親しい人の名前はさすがに忘れない。しかし、困るのは以前にある程度親しくしていたり関わりのあった方にしばらく会っていなかったが、何年ぶりかにどこかで偶然に会った、というケースである。

顔も絶対に見覚えがある、私はこの人を絶対に知っているはずだ、と思うのに名前が思い出せない。

酷い時は名前どころか、まずどこで会ったのか思い出せない。

向こうが嬉しそうに笑っている場合、私は必死に作り笑顔を浮かべながら話を合わせて、とりあえずは仕事エリアで会った人なのか子供関係エリアで会った人なのかを探り出す。だがそこをどうにか把握しても、相手の名前は出てこない。

そんな時に限って、その方がとても人当たりがよかったりするのだから、困ってしまう。

そして、ああ。そんな時に限って、向こうは私の名前をきちんと呼ぶ。そして結局、私はその方の名前を一度も呼ばずに愛想笑いで別れる時の気まずさったらない。

今まで嬉しそうに笑っていらしたのに、別れ際の表情に『結局あなたの方は、私の名前覚えてないみたいね』という一抹《いちまつ》の淋しさを込めてこられたりすると、私は会釈だけして走って逃げることにしている。

プレゼントのマナー

湯山玲子

女子会も50の齢《よわい》を過ぎれば、話題は健康のことばかり。やれ、神経痛が出たとか、久々にスキーに行って、ちょっと転んだだけなのに骨折しただとかの身につまされる話ばっかり。今どきの50代オンナは、年齢の割に若く見えるが「もし、ヘアダイを止めたら、自分の髪がどんなことになっているのか想像もつかん」などという話も出る。私もそのクチだが、その白髪量が80%を超えたら、とっとと頭を真っ白に染めて、アンディ・ウォーホルになってやる、などと思っていたりするのだ。

そんな話で盛り上がっていたら、広告会社でPRの仕事をしているA子が珍しく人生相談を持ちかけてきた。その内容というのは、

「白髪染めのようなコンプレックスツールを、プレゼントにしていいものなのかどうか」

というもの。彼女は正月に実家に帰ったときに、それを弟の嫁から贈られたのだという。いつもおしゃれな彼女は、それこそ、「白髪がどんなことになっているか想像もつかん」タイプなだけに、これにはかなりガックリきた、というのだ。A子にとってこのプレゼントは、「みっともないから、コレをおつかいなさい」というメッセージそのもので、自分がそんな姿をいつ、弟の嫁にさらしてしまっていたのか、と意気消沈してしまったのだという。

この件は非常に難しい問題をはらんでいる。なぜならば、弟の嫁には全く悪気は無い。悪

気どころか、それらはお中元の王道がサラダ油であるのと同様、「何本あってもありがたいもの」という理想的なもの。しかし、A子は「白髪をそのままにしておくのは身だしなみ違反」という体《てい》で生きているタイプで、白髪隠しの事実はA子が最も人から触れて欲しくないコンプレックスの楽屋裏でもあるのだ。

「親族だからじゃないの？」と言ったのは、高校教師のS子。彼女の意見は、弟の嫁は昔気質でA子のことを「お姉さん」と思っており、だからこそ、見栄や体裁ではない実利があるものを贈った、というもの。これも一理あるが、年に数回しか会わない親族は、もはや他人同様というのが、都市部に住む人間のリアルな実感。で、A子は弟の嫁に、都会に住む先輩としてその「非常識」を正したのかというと……。

「最初は怒ってたんだけど、またまた、忙しくて美容院に行けなくなった時に、その部分白髪染めが大活躍。そういう意味で、実際、本当に役立つプレゼントだったのよねぇ」

本人は認めたくないが、他人から見たら何とかしてあげたいものは、歳を取るにつれて多くなりそう。白髪染めのその先には補聴器や杖、部分カツラや車椅子などのラインナップが待っている。私たちはA子と同じようにその時々で怒りながら、それを受け入れて生きていくのだろう。

還暦カウントダウンに思うことのマナー

野沢直子

三月生まれの私は、二〇二〇年の今年には五十七歳になる。還暦までカウントダウンが始まるとか、もう笑うしかない。

四十代に差し掛かった頃、二十代や三十代の頃と比べると体力も落ちてきて、反射神経も鈍り始めていることを急に痛感し、なんだかこわいと思ったことがあった。簡単に出来ていたことが突然出来なくなってきたような気がして、「年を取る」ということはこういうことなのかと実感したのだ。若い時には無縁だった「衰え」というものと、初めて顔を合わせた時だった。

そんなことに怯《おび》えた時期がしばらくあった。その後、どんなきっかけでそう思えるようになったのかは思い出せないが、私はもう若くないんだしと開き直ることにしたら人生はまたおもしろくなって、四十代の後半はおかげさまで楽しく過ごせたように思う。

そして、五十代。年々、うまく肩の力が抜けていく。自分にとって何が大事で、何が大事ではないのか見極める判断も早くなってきている気がする。人生の終盤までにはまだ時間はあるものの、無駄なことをしている時間はもうなくなってきたのだと無意識に思っているのだろう、不必要なことは自然かつ盛大にスルー出来るようになってきた。

「本当はやりたくないけれど、仕方ないからやる」ようなことはなるべく避け、本当にやりたいことだけ一生懸命やる。結果はどうでもいいから、とにかくとことんやっておく。「あまりつきあいたくない人だけれど、便宜上仕方なくつきあう」ようなことも避けて、大事な人にだけなるべく時間をかけて丁寧に接する。それが自然に出来るようになってきた。一見わがままなようだが、人に迷惑さえかけなければ、自分に優しくなってもいい年代なのだと解釈している。

それが関係しているのかどうかはわからないが、五十代になってからというもの、本当に些細なことで毎日感動したり感謝したりするようになってきた。

空が青い。感動。海が綺麗。感動。息子が『ありがとう』と言った。感動。自分でも時々、なんなんだと思うくらいに小さなことでいちいち感動して、「感謝」とかすぐに言う人なんて胡散臭《うさんくさ》いと思ってしまうあまのじゃくだったのに、こうやって生きてることだけに感謝とか、とっても恥ずかしいことまで思ってしまう。なんなんだろう。

よくわからないが、少なくとも悪いことではない。年を取ってきて自分のことがよくわかってきて迷いがなくなり、気持ちに余裕が生まれたということなのだと思いたい。

いい方向に視点が変わった。皺《しわ》は増えたし、物忘れも増えた。これから皺も物忘れも増える一方だとは思うが、悪くはないと思っている。

高揚感のマナー

松井孝典

3月は毎年米国ヒューストンを訪れる。その年も訪れた。大学院生時代以来毎年欠かさずに出席している月・惑星科学会議に出席するためだ。

1回目は1970年に開催された。既に記憶の彼方《かなた》に消えてしまった、という人も多いかもしれないが、その前年の7月、アポロ11号の2人の米国人宇宙飛行士が、人類初の足跡を月に印した。アームストロング船長の「一人の人間にとっては小さな一歩だが、人類にとっては偉大なる飛躍である」という言葉は、20世紀を代表する名言の一つとなっている。米国の作家ノーマン・メイラーは、この一部始終を題材にした小説「月にともる火」で「この世紀は、1969年の夏に終わっていた」と書き、高揚感と、その後に訪れた憂鬱感を鋭く描写している。

私が最初にこの会議に参加したのは1971年で、大学院に入って2年目だった。当時の世間には、まだアポロ計画の偉業に酔いしれた興奮が残り、持ち帰られた月の岩石や土壌の分析結果を報告する科学者も、高揚した気分に包まれていた。講演が終わるや否や、質問用マイクの後ろに先を争って並ぶ人たちの列ができ、全員が終わる前に、時間切れで次の報告に移るのは普通のことだった。その熱気はまさに20世紀最大のイベントにふさわしいものだった。以来、人類初と銘打たれた探査の結果は、この会議で発表されるのが恒例である。欧州宇宙機関の探査機が昨年（２０１４）、ある彗星上の周回軌道に入った。２０１５年の会議では、その彗星表面の画像が発表された。「汚れた雪だるま状」という予想に反した「岩だらけの荒野」に、私たちの目はくぎ付けになった。

それはそうなのだが、会議に毎年行っているうちに、いつからか、人類のフロンティア（辺境）を切り開くといった胸躍る高揚感は感じられなくなっている。

１９６９年、人類は初めて、宇宙空間の別の天体から地球という星を俯瞰《ふかん》的に眺めるという経験を得た。皮肉なことに、この時点を境として、メイラーの感じた憂鬱感が、次々とその具体的な姿を現していく。オゾン層の破壊、地球温暖化による気候変動、人類の活動範囲の拡大による災害の巨大化……。宇宙から眺めることで、私たちは、地球規模の問題に切実に向きあうことになったのだ。

21世紀に生きる私たちは、20世紀の憂鬱感を受け継いで生きていくのか？　あるいは21世紀を体現し、それにより世界中の人々が高揚感を共有できるような、人類初といえる試みを経験できるのだろうか？

ヒューストン北郊に１９７４年から森を切り開いて建設されたニュータウンのウッドランズ。超人工的でそれゆえ21世紀的な街で開かれた会議で、そんなことを思った。

昔はよかったのマナー

野沢直子

日本に里帰りしている間は同世代の男性と話す機会も増えるわけだが、彼らは一様に「今の若い奴らはガッツガッツしてない」と言い出し、「俺らの頃はさあ」と昔話をし出してため息をつく。彼らが言うには、今の若い人は仕事もある程度成功して安定のポジションを手に入れるとそれ以上の成功を求めず、恋愛に関しても非常に消極的で、見ていて歯痒《はがゆ》くて腹が立つというのである。

五十代半ば。先輩はいわゆる団塊の世代と呼ばれる人たちであり、私たちはその人たちのガッツガッツぶりを目の当たりにしてきた世代でバブルの狂気も体験してきた。「昔はよかった」なんて言うのは年取った証拠じゃないのと思いつつ、どことなくそういった話を聞くと、「それじゃあ、つまんないよね」なんて結局共感して熱くなってしまうガッツな自分がいたりする。

「最近の若い奴ってさあ、好きな子がいたって一対一で誘ったりしないでグループで遊ぼうとしたりするんだよ」なんて話を聞くと、確かに好きな子はがんがん誘って当たって砕けろよなどと、ついつい思ってしまう。

私は高校生だった頃に他校に通う彼氏がいた。だが、その彼氏にふられてしまい、もうこれからは同じ高校に彼氏を作ろうと一日のうちにとりあえずクラスメイトの男子三人に「つきあってください」と告白して、その日のうちに全員に断られるという武勇伝を持っている。その三人が全員、私が告白した途端「えー、野沢と？」と言ったことから、しばらくの間女子の友達の間では「えー野沢」と呼ばれていたこともあった。

高校の同窓会の時には私の武勇伝は笑い話になっているのだから、ついつい「ふられたって死ぬわけじゃないんだからさ。時が経てば笑い話よ」なんて言って、消極的だと言われる若い世代にはっぱかけたい欲が高まってしまう。

だが、そこでふと思い出したのが私たちが二十代の頃のことである。私たちは当時「新人類」などと呼ばれていて、私たち自体も「努力している」という姿をあからさまに人に見せるのがかっこ悪いなどと思っていた風潮があり、心の中にある「ガツガツ」はなるべく出さないようにしていたのではなかったか。そして、上の世代の人に「昔はよかった」なんて言われると、面倒だなあと思っていたではないか。

野心や努力する姿勢というのは、きっと変わらずどの世代の人にもあるのだけれど、表現の仕方が変わるということなのかもしれない。今の若い世代の人にも「ガツガツ」はあるのだが、私たち世代には見えない形で表現されているだけなのかもしれない。

若い人には、三人に一気にふられたことが武勇伝と思ってることすら既に面倒なおばさんだろうし、とにかく「昔はよかった」はなるべく言わないばばあになろうと、今のところは心がけている。

エキゾチックＪＡＰＡＮのマナー

個室トイレのマナー

松任谷正隆

いつだったか、どこかのホテルでのことだ。寝坊したせいで慌ててチェックアウトをして、自分の部屋で用を済ませてこなかったことを少しだけ後悔しながらロビー横のトイレの個室に入った。

トイレの個室は誰も入ることの出来ない僕だけの城だ。この瞬間だけは僕は本当に1人になれる。とはいえ共同のトイレだから荷物を床に置く気にはなれない。仕方なしにドアに付いているフックのようなものにバッグを引っかけ、携帯電話を取り出し、ゆっくりと用を足そうかとズボンを下ろして深呼吸をする。

携帯のニュースでも見るか、と思っていたところに、バタバタと慌ただしい足音を立てて隣人が入ってきた。この感じからしてかなり切迫している様子だ。案の定、ものすごい勢いでドアが閉まったと思ったらものすごい勢いでガチャリと鍵がかかり、それと同時にベルトを外すカチャカチャという音とともにドスンと座る音がする。

まあ、そのあとのことは擬音化するのにはばかられるので省略するが、僕がはたと思ったのは最後の紙を使うときの音だ。カタカタカタ、どころじゃない。まるでおもちゃの機関銃のようにすごい連続音がする。つまり隣人はものすごい勢いで、ものすごい量の紙を一気に引っ張り出していると思われるのだ。

耳を澄ませていると、一気に引っ張り出した紙をくしゃくしゃと丸めて使っているらしい。それがおよそ2回。たった2回の動きでも、きっと2メートルは使っているだろうな、と思う間もなくバタンとドアの音がして再びバタバタと足音が遠ざかっていく。

昔の山賊みたいな顔を想像した。と同時に紙の使い方って親からいつ教わったのだろう、という疑問が生じた。僕の場合は切り目に沿って6回。きちんと折りながら引き出すから、決してあのような音はしない。カタ、カタ、カタと小さく6回。すでに折りたたまれているから当然クシャクシャという音もしない。

これ、親から教わったものでないことは確かだ。そして紙の使い方なんて、誰とも話題にしてこなかったことに気付いた。リサーチしてみると、まあそのスタイルの千差万別なこと。見事にその人なりのオリジナリティーというかキャラクターが滲《にじ》み出ている。

隣人から漂う匂いを嗅ぐのは御免被りたいけれど、公共の場所は様々なことを学べる場所でもある。そういえば、このあいだの個室では、やはり隣人が入ってきて、ドアが閉まり、ズボンを下ろす音の次にいきなり温水洗浄便座の音が聞えた。誰かが誘い水としての使い方をするのだよ、と言っていたことを思いだした。待て。そんな使い方をしたらノズルが……。

僕の周りの女子たちはたいてい公共の温水洗浄便座は使わないそうである。

袖振り合うマナー

ねじめ正一

残暑が続いた東京に、少し雨の降った日があった。その日、私は中野にある行きつけの喫茶店で本でも読もうと、電車に乗っていた。

電車が中野駅に到着すると、私の隣に座っていた中年のサラリーマン風の男性が、大雑把《おおざっぱ》に折りたたんだ折り畳み傘を手に持って立ち上がりドアーに向かったので、私もその人に続いた。ドアーが開き、彼がホームに降りようと一歩足を踏み出した瞬間、彼の足が止まった。ドアーの脇に立っていた、これまたサラリーマン風の中年のメガネをかけた男性のカバンの金具に、彼の傘の骨の先が入り込み、引っかかってしまったのだ。

折り畳み傘の彼は「すいません」と言いながら、傘の骨をカバンの金具から外そうとするが、なかなか外れない。カバンの男性も胸の高さにカバンを持ち上げて、横にしたり縦にしたりいろいろ向きを変えて、傘の彼を助けようとしているが、どうしても離れてくれない。

無情にも発車ベルが鳴り、二人は繋がれたまま電車を降りた。

駅のホームに降りると、カバンをホームの地べたに置いてしゃがみ込み、また、二人で必死に外そうとするが外れない。傘とカバンをお互いに力任せに引っ張りあっても離れないし、傘を開き気味にして骨の方向を変えてみたり、カバンを逆様《さかさま》にしてみたりと、いろんな可能性を考えて試すのだが外れない。傘の骨の先とカバンとの関係が、思った以上に厄介なことになってしまっているのだ。

きっと二人の頭はパニックで、体中汗でいっぱいになっているはずだと思うのに、それでも彼らは黙々と、傘の骨をカバンの金具から外すことに集中している。こんな時、それでなくても不器用な私が、「お手伝いしましょうか」と申し出ても、邪魔になるだけだと分かっているから、少し離れたところから、彼らを見ていた。

だが、私はその二人の光景を見ていて、懐かしい気分になった。知らない者同士が体を寄せ合い知恵を絞り合って、一緒にトラブルを解消している姿が、心温かく懐かしく思えてきたのだ。

10分程の格闘の末、やっと、傘とカバンは離れた。彼らは立ち上がり、ポケットからハンカチを取り出して額の汗を拭いながらにっこり微笑み、お互いに「ありがとうございました」と言い合って、カバンの男性は、東京行きのホームに並び、折り畳み傘の彼は、中野駅の階段を足早に下りて行った。

最近ではめったに聞かなくなったちょっと陳腐な「袖振り合うも多生の縁」という言葉があるが、まさしくその情景を目の当たりにした私も、彼らと「袖振り合う多生の縁」に触れたような気がして心が和んだ。〈新涼やスイカ多目にチャージする〉

おばちゃんのマナー

柴崎友香

　東京でしゃべっていると、大阪育ちの自分の「おばちゃん」度を強く感じることがある。「これも持って帰り」「遠慮せんと食べや」と、ごく普通に言っているつもりでも、大阪のおばちゃんの振る舞いが身についている。子供のころ友だちの家に遊びに行くとよくこんなふうに言われていた、と、しみじみする。今は、そのころの「○○ちゃんのおばちゃん」を越える年齢になった。

「大阪のおばちゃん」で連想される悪いほうのイメージは、三十年ほど前になるだろうか、違法駐車の啓発のＣＭで「みんな停《と》めてるやんか」と文句を言う場面。あのおばちゃんのあつかましさは、自他の境界線を踏み倒してしまい、自分を客観的に見る視線も失った状態を表すために使われたのだろう。

　しかし、おばちゃんの人との距離の近さ、コミュニケーションの気安さは、本来、人が集まって暮らす社会を円滑にしてくれるものでもある。

　数年前、阪急京都線で、席を譲ってもらったお礼に、ほんとうに鞄から「飴ちゃん」を取り出して渡したおばちゃんを目撃した。しかも、そのおばちゃんは席を譲った二十代の女性に「どこ行くの？」から始まって、目的地に着く三十分の間に仕事の悩みまで聞いていたのには感動した。

「おばちゃん」は一般に中年以上の女性を指す言葉だが、「おばちゃん的性質」と呼べる気性があって、地方や年齢性別問わず、道端で隣り合わせただけでも話しかける親しみを持った人は多くいる。

東京に引っ越してまもなく、商店街の洋食店でお昼を食べたときのこと。隣のテーブルには店主の女性の友人らしきグループが楽しそうにおしゃべりしていて、羨ましく思っていたら、みかんをお裾分けしてくれた。テーブルに次々積まれていくみかんを見たとき、この街でも暮らして行けそうだと思った。

初めて行ったニューヨークでオペラを観ようと切符売り場に並んでいて、英語が通じるか席の種類がわかるだろうかと不安になっていたときも、すぐ前にいた高齢の女性が話しかけてきた。わたしのスマートフォンの待ち受け画面を指して、その猫かわいい、うちにも猫がいて、娘夫婦の家にも二匹、と早口の英語は半分も聞き取れなかったが、ニューヨークのおしゃれで上品な人も「おばちゃん」なんやな、とうれしくなった。

慣れない土地や新しい環境で戸惑ったり心細かったりするとき、「おばちゃん」の一言で安堵《あんど》し、その場所への入口を開かれた気がした。

年齢を重ねたからには、若い人や不安そうな人たちに声をかける「おばちゃん」的役割をやってみるのもマナーかもしれない。立派なおばちゃんになりたい気持ちは、日々強くなっている。

中央線いったりきたりのマナー

ねじめ正一

生まれた時から今に至るまで、JR中央線沿線以外で暮らしたことがない。高円寺《こうえんじ》、吉祥寺《きちじょうじ》、三鷹《みたか》、吉祥寺、国分寺《こくぶんじ》と転々としてきた。子どもが小さいときは国分寺に住んでいて、武蔵野の風に子育てを助けてもらった。子どもがぐずると、中央線に乗り、ある時は東京へ、ある時は高尾へ向かいながらなだめたものである。おかげで息子は大の電車好きになり、2歳半にして東京から高尾までの駅名をすべて覚えてしまうほどだった。

中央線ほど変化に富んだ線はないと、私は思っている。多くの快速電車の西の終点、高尾にある高尾山は、真言宗《しんごんしゅう》智山《ちさん》派《は》の関東三大本山のひとつ薬王院《やくおういん》のある霊山だ。片や、東の終点駅は日本の中心、東京である。真ん中には日本一の繁華街新宿もある。

高尾から三鷹までの沿線からは、武蔵野の匂いがぐぐっと押し寄せてくるような気がするし、東京の方からは、江戸の香りも漂ってくる。その上、それぞれの駅が、大小はあるものの、それぞれの街の自己主張をしている。そして、東京方面からの江戸っぽい風と、高尾方面からの武蔵野の木と土の匂いの風が、ちょうどいい具合に混じり合うのが、高円寺、阿佐谷《あさがや》、荻窪《おぎくぼ》、西荻窪あたりである。その混ざり具合が、とても心地よいのである。

私の生まれた高円寺は、古くからの歴史ある神社や由緒ある寺も多くあるのに、ロックバンドを目指す若者の「聖地」だったり、知的で気骨のある思想を持って活動している連中も多いし、古着屋開業のノウハウの発信基地だったりと、一筋縄ではいかない街になっている。それに、「高円寺阿波おどり」のように、他の土地で生まれた祭りをアレンジして、肉化して、偽物でもない、本物でもない祭りを見事に東京文化として作り上げてしまう、ちゃっかりさも持っている。

このちゃっかりさも、本物の江戸っ子の気風になりきれない武蔵野の鈍くささがあって、私は大好きなのだ。

先日、ふと、小さい時の息子を連れて中央線に乗ったことを思い出し、日課のようになっている喫茶店へ行くのをやめて、阿佐谷から中央線の高尾行きにふらりと乗ってみた。三鷹を過ぎた頃から徐々に武蔵野の風が吹き始めた。浅川《あさかわ》を渡るころになると、高円寺生まれには丁度いい加減の、川や緑の自然が窓いっぱいになって、爽快だった。終点高尾で一旦降りて、改札を出て高尾山を見上げながら、数回深呼吸をして屈伸をしてから、東京行きに乗り込み、阿佐谷で降りたが、それでも大いに気分転換になった。

そういえば、東中野《ひがしなかの》の駅ビルの2階にある喫茶店から見える、中央線の景色は素晴らしい。特に夕陽のとき、上り電車は、夕陽を引っぱって一直線にこちらに迫ってくる。

この風景を見たら益々《ますます》中央線沿線から離れられなくなってくるのである。〈中央線夕陽を連れて夏をいく〉

コンビニのマナー

柴崎友香

旅行して思うことは、地上の場所はコンビニのある世界とコンビニのない世界に分けられる、ということだ。

ニューヨークのマンハッタンではドラッグストアや小型のスーパーが夜遅くまで開いていたが、同じアメリカでも車移動がほとんどのロサンゼルスでは、徒歩の行動範囲に適当な店が見当たらずに難儀した。どこで水や翌朝の食料を調達するか一日中気がかり。ガソリンスタンドに併設の店に寄れても、ジュースとチョコバーばかり。ものすごく甘いパンや飲み物しかなく、いちばん甘くなさそうな、それでもチョコレートがたっぷりのクッキーを毎朝一枚ずつ食べて過ごした。

サンフランシスコ郊外の学生街ではホテルの隣に大型ドラッグストアがあって安心したが、夜九時に閉店。日本のコンビニがいかに品揃えもサービスも充実しているか、そして自分がコンビニがあって当然の生活に頼りきっているか、痛感した。

日本のコンビニエンスストアは、たいへんに複雑で高度に効率化された場所だ。コンパクトな空間に、数百、数千種類の商品があるという。各種料金の支払いもできれば通販商品も受け取れ、ちかごろはいれたてのコーヒーまである。こんなに多種多様な仕事をこなせるなんて、と、店員さんを尊敬のまなざしで見つめてしまう。

どこにいっても、コンビニエンスストアがあれば、普段と変わらない生活ができる。ソウルには、日本と同じ看板のコンビニがかなりの密度であった。日本よりは小型の店舗だったが、食べ物のほかにも、ちょっとした生活用品や雑誌もあって、絆創膏《ばんそうこう》とシャンプーを買った。アジア諸国は日本のコンビニが進出しているところも多い。

コンビニに行くと、つい、長居してしまう。季節ごとの新商品、小型で機能的な化粧品などが、「さあ、選んで！」とささやいているようで、その「選択肢」の海に漂っているのが好きなのだ。お酒を飲んだ帰りなど特に、アイスクリームを買おうかどうか、行ったり来たりしてしまう。

しかし、いい年をしてコンビニでうろうろしているのもどうか。「コンビニでの大人の粋なふるまい」を身につけたい。「コンビニ」「大人」「粋」がしっくりこない気もするが、コンビニが日本にできて半世紀以上になるし、流儀のようなものが語られてもいいのではないだろうか。

優柔不断を排し、必要な物をさっと選んで、なるべくお釣りがややこしくないお金をさっとカウンターに置いて、お礼の言葉とともにさっそうと店をあとにする。朝の慌ただしい時間帯、次々と訪れるお客さんたちを見ていると、そんなふるまいがとっくに身についていて、素敵だ。

先覚へのマナー

大下一真

大学で仏教学部に在籍し、世界に禅を広めようかなどと身に過ぎた夢を抱いて、国際仏教研究所で仏教英語を学んだ。が、いかんせん非才に加えて生来の怠惰《たいだ》。ついに身につかず終わった。ただそこで、「禅」が「ＺＥＮ」として国際化されたのは鈴木大拙《すずきだいせつ》博士の功績が大きく、礎《いしずえ》を築かれたのは博士の禅の師である釈宗演《しゃくそうえん》禅師であると学んだ。

二〇一八年はその釈宗演禅師の百回忌にあたり、禅師が住職をされた円覚寺で法要が営まれる。そこに先だち禅師顕彰《けんしょう》の仕事に関わり、あらためてこの禅師のすごさに敬服した。

宗演禅師は安政六年（一八六〇年）十二月に福井県の高浜町《たかはまちょう》に生まれ、出家したかった長兄に代わって僧になり、京都の妙心寺《みょうしんじ》や岡山の曹源寺《そうげんじ》で修行。円覚寺の今北洪川《いまきたこうせん》老師のもとで修行を完成した。それから周囲の反対を押し切って慶應義塾に洋学を学び、さらにスリランカに渡って南方仏教を学んだ。慶應義塾では福沢諭吉《ふくざわゆきち》翁が敬意を表し、私的な仏事を依頼したり、陰口をきくものがいると「お前たちにあの人物の大きさは判るまい」と笑ったという。

明治二十五年（一八九二年）には、歴史に残る若さで円覚寺の管長に就任。その翌年には、シカゴで開催された万国宗教大会に日本仏教の代表の一人として参加。ここでの講演が世界に向けて「禅」が説かれた最初であった。この講演に感動したアメリカの哲学者ポール・ケーラス博士が「仏陀の福音」を著し、禅師のもとに送った。その翻訳をしたのがきっかけでアメリカに渡り、仏教や禅に関する著述を重ね、「禅」を「ZEN」になしたのが鈴木博士だったのである。

禅師は円覚寺と合わせて建長寺《けんちょうじ》の管長も務めた時期があり、京都の臨済宗大学（今日の花園大学）学長という時代もあった。それらの合間をぬうように再渡米。鈴木博士の通訳で禅を説き、セオドア・ルーズベルト大統領とも会見し、ヨーロッパ、インドを巡った。また国内にあっては、夏目漱石《なつめそうせき》が参禅し、その体験をもとに小説「門」を書いたことは知られているが、徳富蘇峰《とくとみそほう》主宰の碧巌会《へきがんかい》など、禅師を囲む座談会や法話の会は数知れず、時にインドの詩聖、タゴールの来訪があったり、まさに東奔西走の日々であった。

大正八年（一九一九年）十一月に逝去されるのだが、もう十年生きておられたら日本の宗教界は違ったものになっていたとも言われる。

いささか宣伝じみた話にもなったが、晩年の座右の銘の一節に「妄《みだ》りに過去を想《おも》う勿《なか》れ、遠く将来を慮《おもんぱか》れ」とある。常に前を向いて進む志があっての、禅の国際化であった。

その偉大さはとても書き尽くせるものではなく、後世の私どもはただただ素直に敬意を表するのみである。

世界の
びっくり
マナー

英語のマナー

野沢直子

早いもので渡米してから三十年近くの月日が流れていて、私は人生の半分の時間をこのアメリカで過ごしていることになる。米在住の日本人の友人もたくさんいて日本語を話す機会も多いが、家庭内の会話の七割は英語で、子供の学校関係や夫の家族とのつきあいなど、ここでの生活はほとんど英語でということになる。

未だにアメリカ人に急に早口で話しかけられると何を言われたのかわからなくて、そういう時はとにかく笑っておけと歯だけ見せて微笑んでみせる場面も残念ながら多々あるのだが、とりあえず日常生活に支障はないくらいには英語を話していると思う。

渡米してから最初の一年間はほとんど聞き取れず、二年目を過ぎたくらいからわかるようになって、三年目くらいからようやく話せるようになってきた。この過程において何が一番大変だったのかと聞かれれば、「間違うことは恥ずかしい」と考えてしまう日本人の国民性みたいなものをかなぐり捨てることだったように思う。実はこれが相当のネックになってしまうのだ。

私は自分のことを典型的な日本人だとは思っていなかった。だが意外にも、私の中にもこの「間違うことは恥ずかしい」が根付いているようで、話そうとする時にまず頭の中で正しいグラマーのもとに構成されたセンテンスを思い浮かべてから話そうとして、返事がとても遅くなってしまうということになっていた。これを自覚して焦って「私は英語が下手で」などの言い訳までしてしまうと、これが相手に「あれ、この人私と話をしたくないのかな」と思わせてしまうことになり、そこで会話は止まってしまうという現象が起きていた。

そんな私に比べると、ヨーロッパ圏他の諸外国の人々はグラマーが間違っていようが、お国訛《なま》りの巻き舌英語だって、それは私の個性ですとばかりに、とにかくどんどん喋る、話す。それを見ていたら目からウロコ、その方が断然いいと思うようになった。

そう、英語はただのコミュニケーションのツールなのだ。英語を話すことを何か特別な才能のように仕立て上げたりして、ハードルを高くする必要はない。その変なハードルが不要な恐怖心を作り、積極的に話すことを遠ざけてしまう。日本で生まれた日本人が自然に日本語を話すように、英語圏で生まれた人は自然に英語を話すだけで、それは特別な才能ではないのだ。

使いたい単語を覚えて、それを繋げていけばいい。要は「あなたと話がしたい」という心意気さえ見せればいいわけで、誰もどのくらい上手いのかなんて自分が思うほど気にはしていないものである。知らない人からいきなりアメリカンジョークを言われて、これがまったく面白くなかったりするのだが、一応笑ってみせるふりもこの三十年でとても上手くなったと思う。

外国人がいる時のマナー

湯山玲子

何度も日本に来ている外国人は、もはや「ニッポン初心者」が喜ぶ、寿司や秋葉原などでは満足せず、よりディープな体験を好むようになる。アメリカン・バレエ・シアターとボリショイ・バレエ団のプリンシパル（最高位ダンサー）として活躍していたデビッド・ホールバーグ氏は、ひょんなことから友人となって、来日公演のたびにご飯を食べたりする。彼のグルメ欲求には、サラリーマン社会で言うと「普通の店では満足出来ない取引先の部長」に匹敵するほどに気を遣っている。

公演が終わった後、ホール近くにある魚料理がおいしい居酒屋に連れて行ったら、こちらをチラチラ見ている女性客がいた。その１人が「もしかして……」と話しかけてきたのだが、まさにご本人と判明。彼女たちは、先ほどまで「ロミオとジュリエット」を情感たっぷりに踊っていた、ロマンチックな金髪の有名ダンサーが、生ビールのジョッキを片手に、アンキモを食べている現実に目を丸くして驚いていた。

雑誌編集者をしていた関係で海外取材を通じ、多くの友人ができた。日本にやってきた彼らと一緒によく東京で遊んだものだ。来日中必ず１回は人を呼んで会食をするのだが、ここで問題が発生する。「日本人は外国人としか英語でしゃべらない」のである。

たとえば、外国人１人と日本人２人の場合、外国人との会話は英語なのだが、日本人同士のそれは日本語なのだ。そうなると、外国人を巻き込んだ3人での会話が成り立たなくなり、結果、外国人はだんだんと会話から疎外されてしまう。最終的には、外国人だけが取り残され、残念なことになってしまうのだ。

私がこのことに気づいたのは、ドイツやオランダに行ったときのこと。現地の友人たちの会話は、英語しかわからない私に気を使って、母国語ではなくすべて英語で行われるのだ。それゆえ、私は全く疎外感を感じることはない。

経済活動や結婚など公私にわたって国を超えて交流してきた歴史が長く、また、ＥＵ（欧州連合）として一丸となったヨーロッパのコミュニケーションのマナーなのだろう。

これを日本人が実行するのはかなり難しい。日本人同士が英語でしゃべるのは、英会話教室のカリキュラムでなければ、こっぱずかしくて無理そうだ。しかし、それでも恥ずかしさを乗り越え、つたない英語で日本人に「He is amazing.（彼って凄いよね）」と話しかけてみてはどうか。なぜならば、そうすることが、その場の外国人を疎外から救う思いやりなのだから。

英語をしゃべることができる日本人は、確実に増えている。しかし、それが会話のためのツールだと割り切れるまでにはまだ時間がかかりそうだ。

停滞というマナー

松井孝典

キューバ革命以来の同国と米国との冷戦が「雪解け」に向かおうとしている。キューバのラウル・カストロ国家評議会議長とオバマ米大統領の会談のニュース映像を2015年4月に見た時、20年ほど前、学術調査準備で訪れたキューバの首都ハバナで目撃した、印象深い情景が甦《よみがえ》った。

滞在先のホテルのロビーに足を踏み入れると、その場の雰囲気がいつもと違うことに気が付いた。そして突然、フィデル・カストロ議長（当時）の姿が視界に入った。同じホテルに滞在していた外国要人の見送りに現れたとのことだった。10メートルにも満たない至近距離で見たフィデル氏は、とても穏やかで温かな雰囲気を漂わせていた。

国土の相当大きな部分で軍事上の理由から立ち入りが制限されているこの国では、関係省庁から学術調査の許可をとっても、実際の調査ははなはだ困難。ロビーでフィデル氏を見た時、「直接、議長から許可をもらうのが一番」と思いついた。

いったん日本に帰国してしばらくしたら、日本キューバ友好議員連盟の代表団がハバナに行くことがわかった。「フィデル氏に会えるかもしれない」と、「顧問」という肩書で参加した。代表団の帰国前日、フィデル氏との会見が突然実現した。ここぞとばかり、「キューバにおける地球史の革命的事件に関する学術調査」と題した文書を手渡した。翌日には革命宮殿での昼食会にも招かれた。これで、調査の意義を理解してもらえたのか、通常なら立ち入れない地域での調査が実現した。

あらゆることに時間がかかる、一見「停滞」と見える状況の背後に、思慮深さを感じたのはこの時だった。そのころのキューバでは、停電や断水が日常茶飯事だった。基本的な生活用品は配給されていたが、部品を工夫して調達し、自転車や自動車をはじめ生活用品は何でも、古い型のものを修理して使うという生き方、これを先進国の生き方と比較すれば「停滞」と言うことができる。

だが筆者は、「停滞」したキューバが、「21世紀には先進国となるかもしれない」と秘かに思っていた。この国では自転車通勤、ヒッチハイクも広く行われていた。

人類は、「所有」への欲望を解放して生きるのでなく「すべては借り物、重要なのはものではなく機能」だと考えるべきだ。これを筆者は「レンタルの思想」と名づけたのだが、そんな思いにぴったりの生き方だったのだ。

米国との関係改善で、経済発展の道に進み、真新しい自動車が増え、使い捨てのものにあふれるのだろうか。

かつて昼食会の席で、文明のあるべき姿について「(乳牛の飼育に多くの飼料が必要な)牛乳よりも豆乳を」と説いていたフィデル氏は、この国の未来を今、どのように見ているのだろうか?

爆音クラシックのマナー

湯山玲子

『爆クラ！』というクラシック音楽のリスニング&トークイベントを２０１１年から、ほぼ月１回のペースで続けていて、２０２０年１月でもう84回目になる。爆クラとは、爆音クラシックの略で、要するに、クラブやライブハウス仕様の音響装置から、クラシック音楽の音源を流し、豊かな音量を楽しむ、という意味。

テーマも縦横無尽で、ブルックナーなど作曲家を掘り下げる場合もあるし、「恐怖」という心理をクラシックの音響に求めてみたり、ユーチューブ時代ならではの、演奏家とルックスの問題（タイトルは「美男クラシック」‼）を取り上げてみたり。

ゲストとしては、坂本龍一さん、冨田勲《とみたいさお》さん、という斯界《しかい》の大物から、岡村靖幸《おかむらやすゆき》さん、菊地成孔《きくちなるよし》さんという他ジャンルの音楽アーティスト、小説家の島田雅彦《しまだまさひこ》さん、映画監督の岩《いわ》井《い》俊二《しゅんじ》さんらが過去、爆クラ！のステージに登場。

昭和期に人気があった「名曲喫茶」の現代版ともいえる。ステレオ装置も、レコード盤も高価だった時代に、名曲喫茶は良い音でクラシックを体験する貴重な場所のひとつだった。しかし、現在は携帯電話でも音楽が聴ける時代。それなのになぜ、わざわざ、忙しい現代人の時間と空間を縛るのか？　といえば、クラシック音楽の魅力がBGMや「止めて、またそこから聞くという中断行為」では感じ取れない部分が大いにある、ということにつきる。S

NSの時代になって、バーチャルなコミュニケーションの方が圧倒的になった今、逆に「人と人とが現実に集う場」に対する欲望も強くなっているというが、そういった影響もあるだろう。

　さて、クラシックコンサートの現場のマナーは、非常に厳しい。その大本《おおもと》は、ワーグナーが自分のオペラを上演するためにつくったバイロイト祝祭劇場にあると私は見ている。硬い木製の椅子、冷房の設備なしの会場などは、すべて、良い音楽を聴くためで、観客も安楽であってはならず、努力しなければならない、と無言で伝えてくるようなデザインは、そのまま、現在のコンサートに繋がっている。咳ひとつも憚《はばか》られる空間はすべて、一期一会であるデリケートな生演奏に水を差さないためのマナーなのだ。

　その点、我が爆クラ！は、その会場がライブハウスなのでうーんとユルい。毎回、テーマに合わせて、オリジナルカクテルをつくり、舌と耳と酔い心地で音楽を楽しんでもらってもいるし、グルーヴィーなストコフスキー指揮の『花のワルツ』なんぞでは、もしそうしたければその場で立ち上がって、ピルエット3回転をやっても、お連れ様とペアで踊ってもいい、というスタイル。

　しかしながら、現実的には、皆静かに座り、真剣な面持ちで音楽に集中するのは、やはりクラシック音楽の音響に心を縛られ、「深い魅力の発掘」に夢中になってしまうからなのだろうか。

待つのマナー

野沢直子

ほとんどの主婦がお世話になっているスーパーマーケット。車文化のアメリカでは週に一回行ってまとめ買いする人も多いが、私は一週間分の献立を考えるのが面倒なので一回に三日から四日分のまとめ買い派で、週に二回は行っている。

生活には欠かせない場所であるこのスーパーで、アメリカ生活も三十年近くになって大抵のことでは驚かなくなった私が、これだけはどうも出来ないというアメリカ人の行為が一つある。

それはレジの列に並んでいる間に、スーパーのカートにのせたまだお金を払っていない商品を食べ始めるという行為である。もちろん、その数分後にお金を払うのは明確なのだから、『これ私のなんで』という理屈はわかる。でも、それにしても、といまだに思ってしまう。

初めてアメリカに来てこれを見た時は、目を疑った。列の前に並んでいる人が、カートからいきなりポテトチップスのバッグを取り出してバッグを開けたかと思いきやバリバリ食べ始めた。もちろんすぐにお金を払うのだから盗んだりしている訳ではないにしても、日本では見ない光景なので驚いた。その一部始終をドキドキしながら見ていたら、レジの人もその開いたポテトチップスのバッグをごく普通に受け取りバーコードをスキャンして、その人に手渡していた。そしてその後、同じ光景を幾度となく目の当たりにして、これはこの国ではごく当たり前のことなのだということがわかった。

このケースが多い商品は、ポテトチップスがダントツである。まあ確かに、買ったらすぐ食べたい気持ちはわかる。でも例えば列が長くて、待つ時間が長い時なんかはもう待っている間にほぼ完食なんじゃ？　という人もいて笑いそうになってしまう。

そして、私がどうしても違和感を覚えてしまうのがこの行為のフルーツバージョンである。さすがにリンゴをかじってしまう人は見たことがないのだが、ぶどうをぶちっと取って二個三個と食べたり、さくらんぼやイチゴも同様に食べてしまっているのを見たことがある。これなんかは、まず『洗わないの？』というのもあるし、量り売りの場合もあるのにと思ってしまう。ぶどうの二個三個、さくらんぼやイチゴの二個三個取ったところでそれほど値段も変わらないのだろうが、さすがにそれは更に出来ないと思う。

レジでお金を払って、スーパーから出て来て駐車場の車まで歩いて行く最中に食べている人ももちろんたくさんいるのである。それはまあもういいかと思うが、私はとりあえず、車に乗るまで待つことにしている。そう、結局私も、家に帰るまで待てなくなってはいるのである。郷に入っては郷に従え、である。

カフェのマナー

湯山玲子

日頃、カフェには大変お世話になっている。

家で原稿を書いていて煮詰まったときには、ノートパソコンを抱えて隣の駅のブックカフェに行くし、本を読みたいときは、椅子の座り心地がよく、ＢＧＭがクラシック音楽のみの集中読書用カフェに出向いていく。

カフェは特に女性にとっては「お着替え」の場所としても大活躍。ついこの間も、午後にぐっと冷え込んできたので、コンビニでタイツを買って、カフェのトイレではいて、事なきを得たことがあったっけ。

仕事場でもなく、家庭でもない、第三の居場所として、カフェは私たちの日常に定着しているが、そのあり方はやはり国によって違う。

本家本元であるパリでは、もちろんコーヒー、紅茶も出すが、ワインやリキュールなどのお酒に、グラタンや子牛の煮込みなどの食事も注文できる。ワイン片手にランチミーティングをしているビジネスマンが店の奥の席に陣取り、テラスではベビーカーを横に談笑中のママ友たちがいる。いわば居酒屋と大衆食堂とご家庭のキッチンが一緒になったような場所だ。

そして、ギャルソン（ウェーター）の存在も見逃せない。彼らはお客からのチップで暮らしを立てているサービス業のプロ。ちなみにひとり旅の行き先としてパリが魅力的なのは、ギャルソンの心遣いや会話がひとりメシのさみしさを紛らわせてくれるから。そう、パリのカフェを愉しむマナーは、ギャルソンとのコミュニケーションにこそある。

一方、イタリアは、バールと呼ばれるスタイル。お客は小ぶりのデミタスカップに濃いエスプレッソと砂糖を（必ず！）入れて飲み、長居をせず立ち去っていく。この地のカフェのあり方は、カフェインで頭をしゃきっとさせ、砂糖の糖分でガッと血糖値を上げて、昼間という人生における活動時間のパフォーマンスを上げるための前線基地なのだった。

我が国にも独特のカフェ文化がある。それはコーヒー道、紅茶道とも言える、オタク的なこだわりだ。私の行きつけの京都のカフェは、店の中に焙煎機があり、豆を煎《い》った後の飲み頃の設定や湯の温度によって、「こんな味と風味がコーヒーに存在したのか⁉」という目からウロコの一杯が毎回、必ず出て来るのだ。

さて、そんな渾身《こんしん》の一杯を頂くときのマナーは、目を閉じて、全身の感覚を舌と鼻に集中させ、カフェインの覚醒感と、その場に静かに流れる時間と空間を愉しむ、という具合。おわかりのように、これらはすでに茶道の心得と同義なのだ。

世界のどの都市でも、スターバックスがある、というように、カフェはすでにグローバル。しかし、その一方でお国ぶりを反映したローカルスタイルが注目されているのが、面白いところなのです。

時を流さないマナー

松井孝典

イスラム過激派組織「イスラム国」によるイラクなどでの古代遺跡の徹底的な破壊のニュースに心を痛めている。戦場が、文明発祥の地であるという不幸を嘆かざるを得ない。２０１４年、この紛争地域の隣国トルコを訪れた。アンカラから車で南に3時間ほどのカマン・カレホユック遺跡訪問が目的である。この地で約40年発掘を続ける大村幸弘博士に、紀元前２０００年紀に最初に鉄器をつくったといわれるヒッタイト帝国について、現地で直接話を伺おうと思い立ったのが動機である。

この付近を訪れたのは44年ぶりだ。その頃ユーラシア大陸を自動車走破して、通過したのだ。なだらかな丘陵地帯に羊の群れの広がる風景は当時と変わらない。カマン・カレホユック遺跡は、こんもりとした丘をなしていた。すぐその脇を単なる農道にしか見えない小道が横切っている。それが、インドにまで及ぶ大帝国を築いた古代マケドニアの征服者、アレキサンダー大王も通ったという、文明発祥以来の東西を結ぶ幹線道路だ、と大村博士から説明を受けた。５０００年を超える時間の流れに感慨を覚えた。

ここでその興亡のたびに、何回となく町の建て替えが行われた。その灰燼《かいじん》に帰した建物の壁や煉瓦《れんが》の破片、鉄器や土器の残骸が次々に積み重なり、丘のような形になったという。現在の発掘は鉄器の時代からさらに数千年ほど前の、前期青銅器時代へも掘り進んでいる。その風景はまさに「時」を流さず「積み重なっている」と形容されよう。時間は流れても、流してしまうべきでない「時」がある。５０００年以上にわたって繰り返し破壊され、復興されたことを示す遺物の痕跡は、この遺跡がまぎれもなく幹線道路の脇に位置していた事実を、突きつける。

近くの村の人々の生活とこの遺跡の発掘とは深く結びついている。農閑期の仕事場として、子供の教育現場として、遺跡発掘と遺物整理は村の生活の一部となっている。

このような発掘作業を通じて人々は、文化や文明とは何か、その風土の歴史を理解する。研究者とてそれは同様である。現代文明とは何か、どこから来てどこに行くのか、我々とは何者か、といった人類の抱く究極的な問いに対する答えは、このような地道な作業を通じてしか得られない。

文明の中心はその後地中海沿岸に移る。そして再びイスラムの世界へと戻り、そこでギリシャ由来の学問が継承され、そして再び大西洋沿岸へと移り、現代に至った。その現代文明の未来を暗示するかのような混乱が、今、文明発祥のこの地を襲っている。主張はどうであれ、歴史という人類の遺産を破壊してよい理由はどこにもない。

文明を築くことは、時を流さず、積み重ねることだ。それは歴史に意味を見いだすことに他ならない。ホモサピエンスに、それ以前の人類と異なる点があるとすれば、ただ一つその点である。

中国旅行のマナー

湯山玲子

年末年始にひとりで上海に行ってきた。

6年ぶりの再訪だったが、「1年離れているだけで、浦島太郎になる」という噂は本当だった。地下鉄の路線数も増え、駅も広くてきれい。おしゃれな雑貨屋が地下道にできていて、若い女性の足を止めている。中国は急速な経済発展を遂げているが、そこにインターネットという情報インフラが存在しているというところが、我が国の高度成長期と大きく違うところなんだなぁ、と実感する。

旅行中にはずいぶんと現地の人々に助けてもらったが、上海では、そのやり方が合理的でクール、そして深情け、という感触がある。合理的と言ったのは、こちらの要望に関して様々な手を使って最短距離で答えを出してくれるという点。深情け、と言ったのは、「想像以上の心配りが返ってくる」というところ。

ちなみに、中国語圏内では漢字による筆談で、地元の人たちとも「会話」ができる。その昔、香港で街中を撮影していたら、おじいさんが近づいてきて、「太陽にレンズを向けては危険」というご心配のメモ書きを手渡されたこともあったっけ。

こちらのグルメ情報アプリを手に入れ、評価が高い小籠包《しょうろんぽう》レストランに行ったときのことだ。

食べ終わって、次に行く予定のお茶の専門店への道筋を、店主らしいおじさんに尋ねると、首を横に振る。まあ、普通そこで話は終わるのだが、なんと彼は「知ってる人はいないか～」（たぶん、その意）と店中にアナウンス。すると、あるカップルが手を挙げ、地図と首っ引きで親切に道順を教えてくれたのだ。

現地の食通たちがことごとく推薦する「老吉士《ラオジーシー》」という料理店に行ったとき、店は満員で、1時間半後になら席を作ってもらえるというので、付近の喫茶店で時間を潰すことにした。20世紀モダンといった内装のその店は、メニューも興味深く、ボーイさんに筆談で尋ねていたら、途中から彼が使い始めたのが、中国語を英語に翻訳するスマホの音声アプリ。

店の順番待ちをしていると話したら、「向かいのワインバーでその店の料理を出前できる」という特殊事情や、「紅焼肉《ホンシャオロウ》（上海風豚の角煮）は量が多い。お土産に包んでもらえ」など、かゆいところに手が届きすぎなアドバイスの数々をくれた。これも、合理的（スマホの翻訳アプリ）プラス深情けの典型的な例。

クールとホットの合わせ技。何事もほどほどの中庸《ちゅうよう》を好む日本人には、刺激的なコミュニケーションマナーだが、江戸落語の世界にはこういう登場人物も多く出て来るし、大阪のおばちゃんにもこういうタイプがいたりする。遠いようで、案外と近い両国なのかもしれない。

旅は道づれ
世はマナー

初めてのマナー

松任谷正隆

最近、新幹線に乗るのがちょっぴり憂鬱だ。あれは数ヶ月前のこと。僕は大阪からの帰りだったと思う。名古屋から僕の前の席に乗ってきた客が、座って程なくして立ち上がり、笑顔で僕の方を向いてこう言ったのだ。

「すみません、席倒していいですか？」

一瞬耳を疑った。は？　この人何を言っているのか？　僕の聞き違いなのか？　それとも僕の足が前の席に触れたのか？　とりあえず、よくわからないが「はい」と答えると、30代と思われるその男性はゆっくりとシートを倒した。……やっぱり席を倒すのにわざわざ僕に断りを入れたのだ……。

そういえば昔、乱暴に席を倒され、テーブル上の飲み物が飛び散ったこともあった。ムッとはしたものの、席を倒すのは自由なんだから仕方ない。

それ以来自分で背もたれを倒すときはゆっくりゆっくり、さあ、これから倒しますよ、という意思表示を伝えながら倒していた。それでいいじゃないか、と思っていた。しかし、彼はそれを言語化して、面倒なのも厭《いと》わずに断りを入れたのである。

何なんだ、これは？　知らないうちにこの世界には新しいマナーが出来上がっていたのか？　頭の中はぐるぐるとさらに回る。

今や道路上では当たり前になったサンキューハザードも、最初に経験したときにはびっくりした。たしかあれはトラックで、続けざまに2度ほど経験したことで、意味あいを理解したように思う。

これはいける、と思ったがなかなか自分では出来なかった。誤解されてかえってびっくりされたらどうしよう、と思ったのである。緊急事態かと思って急ブレーキを踏んでしまう可能性だってあるではないか……。

そう、席倒しの話だ。ついにその時がやってきたのである。自分の席を見つけると、僕は意を決して後ろの席の人に向かい満面の笑みで言う。

「あの、席を倒してもいいですか？」

案の定、50代とおぼしきその男性はギョッとした顔で自分の席の倒し具合を確認している。あのときの僕と一緒だ。そりゃそうだ。何か自分に落ち度があったのか、と思うのが普通ではないか。いやいや、そうではないんですよ、と心の中で呟きながら僕はゆっくりと席を倒す。

何とも言えぬ不思議な空気が新幹線の中に立ちこめる。果たしてこの男性、これからしばらくの間、この些細な問題で悩んだりするのだろうか？　僕は彼に悪いことをしたのだろうか？

新マナー、お互い慣れていくまでにはまだまだ時間がかかりそうである。

飛行機のマナー

柴崎友香

普段は、今の暮らしでじゅうぶん、と思っているが、飛行機に長時間乗るときだけは、大金持ちになりたい、と切望してしまう。

長い待ち時間のあと、旅する高揚と緊張とともに機内に足を踏み入れると、まずビジネスクラスがある。最新の機体だと、個室感がありフラットになるシート、近未来ＳＦの映画に出てくるような設備。長い長いフライトに疲れ切って降りるときは、ここを通ることを恨めしくさえ思う。次はここに座ろう、と思わせるための作戦だろうか。

確率の低いお金持ち願望より、とにもかくにもエコノミークラスでの時間をどう乗り切るかだ。昨今は多少は座席間が広くなっているようだが、狭さはいかんともしがたい。わたしは身長が百五十センチしかない省スペース仕様なのだが、それでも五、六時間を超えるとつらくなってくる。体の大きな人はよほど苦しい思いをされているに違いない。

だから、重要になるのは、譲り合いとコミュニケーションだ。まず、乗り込むときは一人立ち止まっただけであとがつかえるから、なるべく早く座席部分に入って狭い通路をあける必要がある。

わたしの身長では、荷物を上の棚に入れるのも少々難しい。焦っているときに手伝ってもらえると、世の中には親切な人がこんなにいるのだと大げさでなく感動する。

長距離線では、動きやすい通路側の予約が早く埋まる。三列並びの窓際席が最も動きを封じられるが、必ず誰かはそこに座ることになる。

先月アメリカに行った際は、往復ともにこの三列の窓側だったのだが、隣の人が機内食のトレーを下げてくれたりしてとても助かった。トイレには、隣の人が立ったときに自分も行くのがいちばんスムーズだとわかった。そのタイミングが合うと、それほど不便を感じずにすんだ。

以前、十時間を超えるフライトで通路側に座ったとき、窓際がかなり体格のいい男性だったのだが、絶対に動かないと決めているのか、機内食もすべて断り、水分も取らない。エコノミークラス症候群になったらどうしようかと、気がかりで仕方がなかった。わたしはいつでも席を立ちますから水を飲んでください、と伝えたかったが、一つ離れた座席だし、周りを遮断するように体を丸め目を閉じていた。どうか元気でいてほしい。

今まで乗った中で最長の十四時間を乗り越えて降りるとき、クッションや膝掛けの散らかった機内全体が起き抜けの寝床みたいな雰囲気で、乗り合わせた乗客はもう親戚みたいなもんだな、と感じた。

赤の他人とそんな親密な距離で過ごすためには、譲り合いとそれに対して感謝を伝える時間以外は、なるべく存在感を薄めておいたほうがいいかな、とも思っている。

ファンのマナー

松任谷正隆

大昔のこと。ニースの空港でＦ１ドライバーのネルソン・ピケを見つけた。うひゃ～、本物のネルソン・ピケだ、と興奮した。同じ飛行機でパリまで移動したのだろう。シャルル・ド・ゴール空港でも再びピケを見つけた。どうやら僕の知覚機能はピケにロックオンしたみたいだった。

僕は仕事が終わり日本に帰るところ。エールフランスの成田行きの搭乗を待っていた。おりしも機内食の業者のストらしく、機内に案内されると、シートの上に日本のコンビニ弁当を洋食にしたみたいな粗末なものが載っていた。愕然とした。それにしても、これっぽっちのものを2回に分けて食べるのか……どうやって配分しようか、などと考えているとやおら隣の席に外国人が座ってきた。

横顔を見てびっくりした。ピケだったのだ。ピケもそのコンビニ弁当を膝に抱えると、困ったような顔で僕を見た。僕も困ったような顔をして笑い返した（と思う）。

日本までのフライトは長い。僕ははっきり言ってこの人のファンだ。けれどファンだ、などというとこの人はきっと鬱陶しがるだろう。かといって何も知らない、というのも寂しかろう。これは微妙な距離感を要求されるな、と思わず緊張をした。いや、緊張は最初からしていたな。だからちょっとだけ話をしよう、と思った。

「ピケさんですよね、日本へは仕事ですか？」隣の席のやつが名前を知っている。面倒だな、と思ったのか、いや、名前を知っているのは当たり前だ、と思ったのか。彼はこう答えた。

「ジャパングランプリ」

そうだ、F1の鈴鹿《すずか》のシーズンじゃないか。そんなことを分からずに何という質問をしてしまったのだろう。いきなり汗がどっと噴き出す。最初からこれでは思いやられる。これから12時間の間には一緒にコンビニ弁当も食べなきゃならないし、ぎりぎりと歯ぎしりをしながら眠らなければならない。僕が窓側だから、失礼、と言いながらあのピケをまたいでトイレに行かなければならない。僕はトイレが近いからそれは1度や2度では済まされないだろう。

どんどん憂鬱になっていく自分。跳び上がるほどうれしいはずの設定なのに、なんでこんな気持ちにならなければならないのだろう。ファン心理とはかくも複雑なものなのか。結局到着までの間、何回か話をしたのだけれど、すべて話がずれまくり、滑りまくっていたように思う。成田に着いて「グッドラック！」と言って別れたときには本当に解放された気分だった。

今でもあの12時間のことを思い出す。思い出すとき、何よりも最初に頭に浮かぶのは、ピケの鼻から1センチは飛び出していた黒い竹ぼうきのような立派な鼻毛だ。あれは本当に立派だった。

時差ぼけのマナー

野沢直子

私は今、毎年恒例の夏の里帰りの時期で、日本に滞在中である。普段はアメリカに住んでいて、子供が夏休みに入ると単身日本に帰ってきて二か月ほど滞在し、おかげさまでその間テレビの仕事などさせて頂いている。

毎回、日本に着いてからの一週間は「時差ぼけ」というものと戦わなくてはならない。日本とアメリカは時間が昼夜全く逆で、最初の一週間はどんなに身体が疲れていても早朝の四時には目が覚めてしまい、仕方なく一人でぼんやり通販の番組など観るはめになる。そして、夕方頃には猛烈に眠くなってしまうのだった。

この最初の時差ぼけの一週間の間には仕事や打ち合わせがあることもあるし、友達に「おかえり。ごはん行こうよ」と言われれば断りたくはない。時差ぼけ独特の眠気を通り越した、瞬きしているその一瞬の間に寝て夢見ているような睡魔と戦いながら仕事をしたり、友達とごはんを食べたりしなければならなくて、正直面倒である。

経験上、その睡魔に従って夕方の変な時間に寝てしまったりすると、時差ぼけの期間が長引いてしまうということがわかったので、私はどんなに眠くても頑張って起きておく荒療治を決行している。ある時から私はこの時差ぼけはあることに活用できるのだと気がついた。

時差ぼけ克服のため、普段は寝ている身体と脳を無理矢理起こしておく。自分の身体と脳をいじめることになる。あまりの眠さに何も考えられない瞬間もあるが、脳がやけに冴えてくる瞬間もある。身体は疲れているのに、脳が別世界に行ってしまうような感覚で色々なアイディアが頭をよぎる瞬間がある。

職業柄これは使えるのではないかと、その時差ぼけの変な状態の時に思いつく突飛《とっぴ》なアイディアを書き留めておくということを始めたのだ。これは思いのほか役に立って、私はこれで何本かのショートフィルムを作ってしまった。普段は思いつかないようなひらめきが、時差ぼけ解消という自分をいじめる状況から産まれてくるのだ。

時差ぼけは、寝不足とは少し違う。月が出ているのに眠くない、太陽が出ているのに眠い。パラレルワールドに行ってしまったようなものである。そのパラレルワールドで自分が何を言うのか思うのか、時差ぼけとはそんな普段の自分とは違う自分に会える不思議で貴重な時間に思えてくるようになった。

もちろん、その時差ぼけ中に書き留めていたメモを後から見ると、何を言いたかったのか、自分でもさっぱりわからないこともある。先日の時差ぼけ中のそのメモの一つに、「世界征服」というのがあって、その前後にはなんの説明もなく、私は本当に自分がわからなくなってしまった。

時差ぼけ、そのパラレルワールド。面白くて侮《あなど》れない。

写真のマナー

柴崎友香

「自撮り棒」を初めて見たのは、十年ほど前の浅草だった。ヨーロッパかアメリカから来たと思《おぼ》しき女性が、高く掲げたカメラで自分を撮影しながら、雷門《かみなりもん》を入り、仲見世《なかみせ》通りを歩く姿が目立って、ずっと見てしまった。

その後、自撮り棒は、あちこちで見かけるようになった。棒を使わずに腕を思い切り伸ばしてカメラやスマートフォンを自分に向けて撮影する姿なら、毎日のように見る。

観光地に行くと、写真を撮っている人がたくさんいる。自撮りの人もいるし、グループで通りかかった誰かにシャッターを押してもらうこともある。記念写真ではなく建物や風景ばかりを撮る人もいる（わたしはこのタイプ）。

たいていの場所は、行く前にすでにガイドブックやネット上の写真、テレビの映像で、そこを知っている。実際にその場に着くと、見た通りだと確認する。それから、自分が「本物」を見た証拠として自分が入った写真を撮り、ＳＮＳにアップする。

そのとき、意識しているのは、今実際に立っている場所、目の前の風景ではない。その写真を後で見る自分や、インターネットを見る誰かなのではないか。「証拠写真」を撮ることに懸命で、その場所で起こっていること、空気、音なんかを、楽しむことをつい忘れてしまっている。

浅草で自撮り棒の先をひたすら見上げて歩く人の姿が気になったのは、あの人は今どこにいるのだろう、と思ったからだ。日本の観光地を歩く自分の画像を見る、旅行から帰って自宅にいる自分自身を、カメラを通して見ているだけのような気がしたのだった。

景勝地や花のきれいな公園に行くと、立ち入り禁止の柵を堂々と越え、踏まないでくださいという注意書きを無視して木の根を踏んで、高価そうな特大望遠レンズを構える人もちょくちょく見かける。

そのとき、撮影者にとっては、ファインダーやモニターに映るものこそがすべてになってしまい、現実の世界は写真に切り取られるための材料に過ぎなくなるのだろう。

入ってはいけないところには入らないが、わたし自身も、街なかで写真を撮るときに画面に意識を集中してしまって、電柱にぶつかったり車に接触しそうになったりして、あまりのうかつさに驚いたことが何度かある。ファインダーの中で注意を向けていたもの以外の周囲の現実は、自分にとっては消えていたも同然だった。

写真もモニターに映る画像も、現実の世界のほんのわずかな部分をコピーした粒子や電気信号の集まりに過ぎないことを、撮影するときは忘れないでいたい。自分は豊かな世界の片隅にいる小さな存在で、だからこそ、写真を撮るのだ。

心で バトンリレー のマナー

おみやげのマナー

柴崎友香

このあいだ、台湾を初めて訪れた。

戦前の工場や住宅をリノベーションしたセンスのいいお店がたくさんあって、刺激的な毎日だった。

日本以上にマスキングテープが流行《はや》っていて、大学やお寺でもオリジナルの柄を売っていた。特に故宮《こきゅう》博物院では書や印鑑をデザインしたものがとてもかわいくて、おみやげ用に、と自分に言い訳しつつ、全種類買ってしまった。

旅行の時は、気分も高揚しているし、誰になにをあげようかと考えるのも楽しくて、ついつい雑貨の類《たぐ》いを買いすぎてしまうのだが、帰ってくると、なぜか数が足りなくなったり、違うものにすればよかったかなと思ったり。

プレゼント一般にも言えることだが、おみやげを選ぶのは、けっこう難しい。

昔は、お客さんからもらったであろう地名が書かれたペナントや提灯が並ぶ飲み屋もよく見かけたが、あれなどはもらってもちょっと困るおみやげの代表だろう。

少なくなったとはいえ、観光名所をかたどった金ピカの置物、地名がどーんと入ったマグカップやキーホルダーなどは、まだ健在である。どう見ても普段使わないだろうそれらも、旅行で気分が盛り上がっているとき、特にめったに行かない外国だと、うっかり買ってしまうことがある。

こんな「ベタ」なおみやげも、かえって、いいんじゃない？などとはしゃいでいるときは思ってしまうが、その感覚を受け取れるのは、いっしょに行って体験を共有した人に限られる。

知人で、自宅がインテリア雑誌に登場してもおかしくないくらい、すみずみまでセンスよく、常にきれいに片付いた人がいる。そんな人は、美意識にそぐわないおみやげをもらってしまったらどうするのだろう、と気になって聞いてみたら、たとえば複数の中で選ぶ場合はとにかく小さいものをもらって、しまっておくそうだ。なるほど。わたしなどつい「おもしろい」という基準で選んでしまって、派手な色の人形や謎の置物で部屋が散らかって見える。好きだから、いいんだけど。

注意したいのは、相手が好きなものを、中途半端に選んでしまう場合。たとえば「熊」が好きだからといって熊ならなんでもいいわけではない。むしろ好みが細分化しているゆえに、さして興味のない人には同じように見える熊の人形が、「これじゃない」と困惑されてしまう可能性がある。

定番のお菓子などは食べればなくなってしまうし無難だが、なんとなく間に合わせ感が出ないだろうか、と、そこまでは考えすぎですね。

失敗したかも、と思うところまで含めて、おみやげを選ぶのも、もらうのも、スリリングでわくわくする行事である。

引っ越しのマナー

島本理生

とくに転勤族というわけでもなかったのに、両親が引っ越し好きで、幼い頃から二年に一度は引っ越していた。

一人暮らしを始めてからもそのクセが抜けず、結婚するまでに計二十回は引っ越しただろうか。

学生時代は安く済ませるためにほぼ自力だったが、それが楽しかった。友達がよく手伝いに来てくれたからだ。

今でも覚えているのは、当時、女友達が交際していた男の子のことだ。日頃から優しくて気が利くと評判だった彼に、私は新居の本棚の整理をお願いした。

引っ越しが一段落ついて本棚を見たら、ア行から高さまできっちりそろえた本が整然と並んでいて、その丁寧な作業に感動した。

その晩、お礼を兼ねて皆で食べた焼き肉は美味しかった。

ところで、私は昔、部屋を引き払うときはキチンと掃除してから出るものだと親から教わった。

空き物件を内見すると、本当に荷物を出しただけ、という部屋は意外なほど多い。

一度びっくりしたのは、築浅のマンションで駅から近くて……という好条件の部屋の内見時だ。退去したばかりで清掃はまだだとは聞かされていたが、不動産屋の男性と室内に入って、絶句した。

浴槽の中に、正体不明のどろっとした黒い液体が大量に沈殿《ちんでん》していたからだ。

まるで事件現場のような光景に怖くなり、結局、借りるのは断念した。

退去後はプロのクリーニングが入るため、そこまで綺麗にする必要はないのかもしれない。が、その部屋に入る人がいる以上、最低限、自分が生活していた気配は消して出たいと思う。

立つ鳥跡を濁さず、という言葉に人はどんなイメージを持つだろう。

私が思い浮かぶのは、澄んだ水辺と美しい羽根だ。去り際が美しいということは、その人自身が美しいということでもあると思う。

ただ例外もある。

一度、やはり清掃前の物件を紹介されたときのことだ。ドアが開いた瞬間、目が点になった。室内にはダイニングテーブルに冷蔵庫に乾燥機……清掃どころか、家具が全部残っていたのである。

一瞬、夜逃げかと疑ったが、荒れた様子はなく、むしろ不思議と居心地がよい。

事情を訊いて、納得した。

借主が観光客に又貸《またがし》したために退去になった部屋だったのだ。

室内には旅を楽しんだ人々の気配がまだ残っているようだった。

引っ越しは大変だが、思いもよらぬ人の姿が垣間見えるのは、作家としてやっぱり面白い。

ものづくりのマナー

松井孝典

長く暮らしているからか、東京生まれと思われがちだが、実際は静岡県の森町《もりまち》である。母親の実家がそこにあったからだ。父親が浪曲好きで、ラジオからは広沢虎造《ひろさわとらぞう》など浪曲師の名調子が流れていた。いつしか耳になじみ、今でも懐かしい思いに駆られる。

虎造の世界で森町と言えば、清水次郎長《しみずのじろちょう》の子分、遠州《えんしゅう》森の石松《いしまつ》だ。若い人にはなじみがないだろうが、年配の方に「遠州森の石松と同じ、森町の生まれ」と言うと通じる。森町の親善大使として少しは貢献したいという思いもある。

現在の県知事、川勝平太《かわかつへいた》さんは長年の友人で、その縁もあり、静岡文化芸術大学（浜松市）の非常勤理事を務めている。毎月のように浜松を訪れるが、同じ遠州なので故郷に帰った感覚がする。

「ものづくりのデザイン」がこの大学の特色の一つだ。浜松は隣接する三河《みかわ》と並んで、日本でも有数のものづくりの拠点だ。ヤマハやホンダ、スズキなど世界的企業も多い。ＩＴ全盛の今、ものづくりというと、なんとなく時代遅れのイメージだが、世の中は時代の風潮に流され過ぎていると筆者は感じている。

ものと情報の関係は、生命の起源の本質に関わる根源的な問いを含んでいる。生命は、蛋《たん》白《ぱく》質という構造や機能を司《つかさど》る物質と、複製、すなわち遺伝情報を司る核酸という物質から成る。物質が先か、それとも情報が先なのかは、生命の起源を考える上でも本質的な問いなのだ。

コンピューターもハードとソフトから成る。ハードがなければソフトだけでは意味がない。同様に生命も情報だけでは始まらない。

蛋白質から成る生命が誕生し、そこに核酸から成る生命が寄生し、今の生命が生まれたと考えても論理的に間違いはない。ウイルスはまさに後者のような生命だ。

生命と同様、ものづくりのない文明は存在しない。世界でも日本でも、どこかが、その拠点とならざるを得ないが、浜松がその拠点の一つであることは間違いない。

ものづくりにおいて、そのデザインが重要である。デザイン科学こそ、細分化され専門化された学問の未来を切り拓《ひら》く、統合的な学問だ。それを喝破《かっぱ》したのが米国の思想家でデザイナー、バックミンスター・フラーだ。デザインは、浜松にある大学のレゾンデートル（存在理由）ともいえる。

今、日本でも求められているのが文明のデザインだ。専門分化した学問が地球環境のようなグローバルな問題を解決できず、現代文明に負の遺産を作っているのは事実だ。

それに対し、文明の未来を切り拓くのは、統合化をその本質に含むデザイン科学かもしれない。その萌芽《ほうが》になるような大学になってほしいと思いつつ、毎月訪れている。

「私のヒーロー」のマナー

野沢直子

「ブラウン管」という言葉は、もう死語であろう。だが、あえて使わせていただく。

子供の頃はブラウン管テレビの前にわくわくしながら座って、好きな番組が始まるのを待っていた。そして、ブラウン管の中で暴れて自分を笑わせてくれる人々が私のヒーローだった。子供だった私は馬鹿みたいに笑っていただけだが、そのブラウン管との対話の時間はその後の私の人生を方向づける貴重な時間だったのだと思える。

そのブラウン管のヒーローの一人が、先日天国へ行ってしまわれた。この方がもういないという喪失感とともに、この方が私にくれた「影響」という大きな贈り物について考えた。

この方を含めブラウン管の中で暴れて人を笑わせる人達がいることを知り、当時そういった職業があるということを認識した。このブラウン管との対話の時間に、大人になったら自分もこうなりたいとはっきり思った覚えはないが、この方たちはいつだって輝いていて、私の心にはっきりと刻まれたことは間違いない。

誰かに憧れて「あんなふうになりたい」と思ったり、ふと手にした本や、ふと聴いた音楽ふと見た建築物など何かに衝撃を受けて、「自分もこんな物を創ってみたい」と思ったりすること。その気持ちを継続させ実現させていくかどうかはその人次第だが、それは人生をスタートさせる段階で誰にでも起こりうることだと思う。

誰かに影響を受けたことを、後に自分のフィルターを通して違う形にして出す。中にはフィルターを通してもそっくりな形にして出してしまう人もいるが、「影響」はベルトコンベヤーのように続いているのだ。そう考えると、私が影響を受けたヒーローたちにもヒーローがいて、そのヒーローたちにもヒーローがいたはずだ。影響のベルトコンベヤーは、工場のそれのようにまっすぐには進まない。フィルターを通すことによって違う方向にも進むが、それでも繋がっているのだと思うと感慨深い。

私のこの『誰かを笑わせたり、楽しませたりする』ことを生業《なりわい》としたヒーローの影響はどこから来たのだろう。誰か「あなたの影響は、○○時代の○○さんという方から来ました」と、影響元が発見できるアプリでも発明してくれないだろうか。出来たら、その方の写真なども あって顔もわかると感謝しやすいのだが。

もちろんそんなことは無理なのだから、とにかく私は先日天国に行かれたあのヒーローに感謝する。感謝の意を込めて自分のフィルターを通して違う形にして出していく。違う形になっていても、私の原点はあくまであのブラウン管の中のヒーローたちである。私もテレビの世界の隅っこにいる。私がヒーローから受けた影響を他の誰かが受け止めて、また違う形にして誰かに渡していくのだろうか。そう願いたい。

助けられる側のマナー

島本理生

助けられるとはなにか。書店で偶然目に留まった本を読み終えて、考えた。

森川すいめい『その島のひとたちは、ひとの話をきかない――精神科医、「自殺希少地域」を行く』には、精神科医の著者が自殺希少地域の研究の存在を知り、実際に対象地域をまわったときの体験が書かれている。

フィールドワークを通した様々な発見は、日常のすぐそばにありながら見落とされがちな問題に光を当てている。

例えば町からベンチが消えたことで、「この町は、老人が歩くことができないのだ。そして金のないひとも座ることができない」と続く場面にはハッとさせられた。私自身、赤ん坊を抱えて街を歩いていて、急に気分が悪くなったとき、休む場所がなくて焦ったからだ。

だから都会では常に人は動き、時の流れはこれほどまでに速いのかと思った。

本書では、地域の問題は「監視するのではなく、問題が起こるもんだと思って」「いっしょに考えて解決するために組織がある」と説明されている。そしてたどり着くのが「助けっぱなし、助けられっぱなし」という考えである。

助け合いではなく、助けられる人がただ助ける。その繰り返しがいつかめぐりめぐる。

そういえば学生の頃、大量の古雑誌を捨てようとしていたら、散歩中の大家さんに「運ぶの手伝ってあげるよ」と言われ、とっさに断ってしまったことがあった。どうやってお返ししたらいいか分からず悪い気がしたのだ。

親切はかならずしも相手に等しく返せるとはかぎらない。だけど、いつか誰かに返そう、なら可能だ。そんな柔軟で大らかな手助けができる世の中なら素敵だ。

そして助けられるのは行動だけとは限らない。

先日、お世話になっている大学の先生と会う機会があり、喫茶店での談話中に私が、

「新しく始まる小説がまだ色々調べ終わってないし、内容も固まらなくて進まず不安です」

と相談したら、先生がこんなことを言った。

「だけど今までにもたくさん取材して、人と接して経験を積んだのだから、実はもうあなたの中に必要なものや豊かなものがあると思います」

自分の中にある。考えてもみなかったことだった。帰ってから、試しに書きかけの原稿を読み返して驚いた。固まっていないどころか、最初からものすごく設定が詰め込んである。心配でぎちぎちに決めすぎて、かえって筆が動かなかったことにやっと気付けた。

もっとリラックスして書こう。そう思った途端に物語が開けた。

言葉でも行動でも、助けられることは少し照れ臭く、だけどそれ以上に瑞々《みずみず》しい嬉しさに満ちている。それを素直に受けることが、なによりのお返しなのかもしれない。

先送りにしないマナー

松井孝典

期限付きであろうがなかろうが、なさねばならない事柄や仕事を、切羽詰まる時まで先送りする。

そんな経験を持つ人は私だけではないだろう。時間がないからではなく、気乗りしないからという理由で、ぎりぎりまで先送りすることを習慣のように続けていた。

結局、最後には仕事などが山積みとなり、一段落してからと思うと、ますます先送りせざるを得なくなる。大学を定年で辞めて、新天地に引っ越すときも、研究室の整理を後回しにして、とにかく引っ越すだけであった。今もって資料は片付いていない。

昨年、少しは改善された。きっかけは、半年先送りしてきた遺産相続と、それに伴う実家の建て替えだった。こればかりは人任せにできず、期限もある。何事も経験と思い、一念発起して迷いを断ち切り、相続の手続きを自分でやってみることにした。

父親の故郷の市役所を訪ね、戸籍をたどると、少なくとも3代前までの家族構成がわかり、江戸時代からの系譜を紐解くような感じがして途中から楽しくなった。

以来、何事も先送りしないと心掛けるようになった。小さなことは調べ物から、大きなことは研究プロジェクトまで、できる限りすぐ取り掛かるようにしている。

一念発起した背景には、寿命を意識するようになったこともある。生きている間に、いま思っていること、あるいは脳の中に蓄積していることをやり遂げ、記録しようとすると、想定される寿命では時間が足りないのだ。

先送りの弊害《へいがい》は、自分の人生という、個人レベルの問題だけではない。人類にとっても同様だ。現代文明は地球に負荷をかけるだけでなく、人体にも負荷をかけている。地球環境の悪化や資源枯渇の問題は40年以上前から認識され、対策が議論されているが、結局は先送りされている。

成人病対策も同様だ。その原因の肥満や糖尿病などは文明病である。狩猟採集から農耕牧畜へ、さらには産業革命から情報革命へと、急激なライフスタイルの転換に、２００万年かけて狩猟採集に適応してきた人体は適応できない。現代病の多くは、そうしたことに原因があると人体進化史的に指摘されており、その医療費も増え続けている。

いずれも、すでに緊急事態なのに、人類の多くは相変わらず、近未来的な経済に目がくらみ、問題を先送りし続けている。

文明がいつまで続くのか、その寿命という観点から考えれば、いつまでも見て見ぬふりできないことは自明だ。

しかし、誰も文明の寿命という、俯瞰《ふかん》的、長期的視点を持っていない。自分にとっても、人類にとっても、先送りするという行為の弊害を、もっと強く認識すべきだろう。

拾う神のマナー

貯め込むマナー

大下一真

いろいろ事情あって、新聞は五紙取っている。鎌倉に引っ越してきた知人が、鎌倉の新聞には折り込み広告が多いと言っていたが、よそとの比較はともあれ、毎朝のチラシの量はかなりのものとなる。ひとわたりは見るのだが、実は関心は紙の裏にもある。

霊園、不動産、スーパーなどほとんどの広告は裏表ともしっかり使っているが、斎場、リフォーム業、新聞販売所からのお知らせなどは裏側が使われていないものがある。これらを保存して、メモ用紙にしたり、貼り紙に使ったりするのである。

折り込み広告の紙に限らず紙は裏表使わないともったいないと思う性格で、ファックス用紙の裏も用途を考えて使っている。ただそれで困るのは、使うべく保存してある紙が多くなり過ぎて、棚を占領し続けていることである。

もったいないと言えば、雨水もそうである。日照りで困ることもあるのに、降った時は流しっぱなし。それで、軒下にバケツを置いて雨水を貯め、外廊下の掃除に使うことにして久しい。週に二回程度の雑巾掛けは、水道に頼らず済ませている。別のところには大きなポリ容器を置き、草花にやる水を貯めている。

自分のルーツをたどると、父方は天草《あまくさ》諸島、母方は伊豆半島で、どちらも海洋系民族。祖先は漁をしていたか貿易をしていたか、はたまた海賊だったか。いずれにせよ、雨水でも大事にしなければならない。そのような血が流れているのかも知れない。

一方で、ものを大事にする性格は父親譲りだったかと思い直している。寺の住職兼役場の吏員《りいん》だった父は、役所の反古《ほご》の類を貼って柿渋《かきしぶ》を塗り、ざるの補修などしていた。第二次世界大戦後のものの乏しい時代ではあったが。

しかしさらに思えば、ものを大事に使うのは、生来というよりも禅寺の修行で養われたものだったかも知れない。

私が円覚寺の修行道場に入門したのは昭和四十六年の春だが、その頃、東司《とうす》（便所）掃除用に使われていたバケツにはたしか「昭和三年新添《しんてん》」と墨書されていた。つまりこのバケツは、昭和三年に購入され、最初は典座《てんぞ》（台所）の水汲み用に使われたのだが、のちに廊下の拭き掃除などに使われ、ついには東司掃除用になってしまったのだろう。ともあれ、一つのバケツを四十年余にわたって使うのが修行道場なのである。

ものを大切にすることとケチは違う。何人かで酒食を共にして精算をする段になると、私は率先して支払いをする性格で、わらい上戸ならぬはらい上戸を自負している。アルコールが入ると気が大きくなるということもあるが。

血か、禅寺で養われたものの受け継ぎかわからないが、紙を貯め込み、軒下に忘れずバケツを置くのである。

思い出の品を捨てるマナー

松井孝典

東京都内の実家で、壁にかかるほこりにまみれた牛の角、小さな鞍《くら》の模型、木の板に取り付けられた温度計や湿度計などを久しぶりに目にした。

かつて住んでいた、米国ヒューストン郊外の湖畔にあったアパートの、部屋の光景がよみがえった。部屋にはこれらの品々が飾られていたのだ。今から約40年前、米航空宇宙局（NASA）ジョンソン宇宙センターに隣設していた月科学研究所に、1年半ほど滞在していた頃のことである。

私の研究生活は、アポロ計画で、月から持ち帰られた石の研究で始まった。石の語る月の過去を読み解いた結果が、私の修士論文となった。その後、博士号を取得してから結婚。ヒューストン郊外での滞在は、なつかしい新婚生活の日々でもあった。

いよいよ実家の解体作業が始まり、実家に残る全てのものの処分を実行しなくてはならなくなった。実家には、両親の遺品に加えて私たち夫婦の持ち物が残っていた。子供たちが大きくなり、実家から近くの、別の家に引っ越したのだが、その時、かなりの物品を実家に残したままにしていたのだ。

これまで何度か、整理をする機会はあった。私たちが引っ越した時、母親が他界した時、２０１４年に父親が他界した時である。その都度、忙しさを言い訳に先送りしてきたつけが、いよいよ回ってきた。

土地も含めた実家を相続したのを契機に、そこに自分たちが住む家を建て直すことにした。

全てを捨てる、と決心できるなら簡単だ。業者に頼んで処分してもらえばよい。それは、これまでの過去の思い出の詰まったものを一気に捨てるという選択肢だ。筆者の場合、この選択肢は最初からなかった。

記憶の中に、全ての人生は残っているかもしれない。しかし、それを思い出そうとすると、その「鍵」になるものが必要なことが多い。たとえば、写真、手紙、新聞記事の切り抜き、寄稿した雑誌、かつて愛用した生活用品、子供の記念の品々、旅の土産、外国で暮らした時の物品などだ。そんな品々を捨てることで、「今の瞬間だけを生きる人生」に陥ってしまうのが怖い。

処分するものと、保管するものの分別には膨大《ぼうだい》な時間がかかる。必死にその作業を行ったが、最後は一瞬の判断で、かなりのものを捨てた。何を捨てたかは、もうわからないし、様々な記憶を呼び起こす鍵が失われたことだろう。

前に述べたように、私の研究者としての出発点は月の石にあり、それを契機に、月や地球の過去の記憶を探り、今に至っている。月も地球も、現在という瞬間だけ存在しているわけではない。そんな研究者としての来歴のために、私は、思い出の品を捨てることへおそれをいだくようになったのかもしれない。

古文書探しのマナー

大下一真

某月某日、特急列車に揺られながら、携帯電話にショートメールが届いているのに気がついた。家内からだが、内容に分かりにくいところがあるので、電話を入れる。「博物館の方が『鹿山略志《ろくさんりゃくし》』を取りに来ることになっているのを忘れていました。どこにありますか」と言う。言われればそうだった。依頼されて蔵から出してはおいたのだった。書棚のところにあるからと指示して、一件落着。

山中小庵・瑞泉寺《ずいせんじ》も六百九十年ほどの歴史があり、それなりに書籍や古文書の類が伝えられている。文化財に指定されているものの多くは鎌倉国宝館に預かっていただいているが、ほとんどは収蔵庫と呼ばれる蔵で保管している。屏風絵、仏画、墨跡などは場所取りで、写本や版本、さらに細かな記録、手控えの類が遠慮がちに、しかし忘れてくれるなと主張している。そして時折、『鹿山略志』のようなかなり専門的な資料を貸してほしいという要望が届く。

収蔵庫と呼ばれる蔵で保管していると言ったが、例えば博物館や美術館のようにゆったりした保管スペースがあるわけではない。そもそも収蔵庫と呼ばれているのは、重要文化財開《かい》山夢窓国師《さんむそうこくし》坐像を収蔵するための鉄筋コンクリート造りの建物だからで、広さは四坪。中央に坐像をおまつりした残りの空間に、先に述べたようなさまざまなものを収納している。

　書籍や古文書について言えば、中身内容を記したしかるべき大きさの封筒に入れ、衣装箱大のブリキ製の箱に納めている。箱は五個。四十年ほど前に学術調査が行われ、ある程度の分類はなされている。しかし、棚に整然と並べられているわけではないので、ひとつの文書を探し出すとなると、それなりに難渋《なんじゅう》する。

　まずは、収蔵庫の扉を開け中央の開山国師像にお経一巻を申し上げる。それから前机をずらし、坐像の下の押し入れ部分からブリキの箱を引っ張り出す。箱1だとすぐに出るが、箱5ともなると1から4までを脇に積み重ねて、おもむろに引き出さなければならない。迂闊《うかつ》をするとブリキの箱の隅に足をぶっつけたりする。これが実に痛い。

　箱を開けて目的の文書を探す。手間取っていると、防虫剤が効いているので気分が悪くなる。それでなくても蔵の中は狭いのだ。ようやく探し当ててやれやれというところで、また戻さなければならない。ずるずると引き出したブリキの箱を、ずりずりと戻す。足をまたぶっつけたりする。

　特急列車に揺られて帰って、「本は取りに来たか」と聞くと、家内曰《いわ》く「取りにはみえましたが、目的は『鹿山略志』ではなく『鹿山略記』だそうです」。そう言われれば、『鹿山略志』と別に『鹿山略記』もあったのだ。またブリキの箱を引っ張り出して探さなくてはならない、嗚呼《ああ》。

仕事人の
必殺マナー

仕事メールのマナー

湯山玲子

新卒会社員として仕事をはじめた頃、メールなどというものはなく、諸連絡は電話とファクスで行われていた。

当時「送ったのに、届いていない」というミスは、よくある話。トレーに置きっぱなしにされたり、誤配が起こったりという可能性は、すなわち言い訳に通じるわけで、本当は送り忘れたのに、「おかしいなぁ〜」と誤魔化《ごまか》すヤカラは私を含め少なからずいた。お互いそのあたりは深く突っ込まないという不文律もあって、今思えば実にのどかな時代だったんですね。

そして、ファクスはメールに取って代わられたが、この変化は劇的に早かったことを記憶している。「ファクスで送りますが、もしよかったらメールでも」という問いに、「じゃ、メールで」と答える人は急増、夏休みを過ぎたらみんな男子が声変わりしていた、ぐらいの普及っぷりだった。

そりゃそうだ、メールはＩＴによるインフラ改革の基本中の基本。乗り遅れることはすなわち、時代に取り残されることを意味するわけで、みなさんのお尻に火がついたのもむべなるかな、である。

メールのような新しいコミュニケーションツールは、使っているうちにマナーが整っていくことになる。つまり、様々な使い手の経験が集合知となってマナーをつくりあげるのだが、その中で〝鉄板〟とも言えるのが、「トラブル処理は絶対メールでしてはダメ」というもの。

これは私自身手痛い経験がある。とある映画パンフレットの編集を任された時のこと、ライターさんとの間に行き違いがあり、それを正す文章を送ったところ、その返答が「言葉尻を捉え、いちいち反論する」という非常にトゲトゲしたもので、ムッとした私もトゲトゲしさにもうひとつトゲを加えて、送り返したものだから、もう大炎上。激怒し、ヒートアップしたときに、「待てよ?・」と理性が働き、「とにかく、会って話しましょう」ということになったのだった。

次の日に喫茶店に現れた彼は、うって変わって神妙な面持ちで、メールの文章にうかがわれた、好戦的で嫌みな風情《ふぜい》は全くない。私の方も穏やかに事情を話し、トラブルは至極《しごく》簡単に解決したのだった。そのライターさんと私はしみじみ、「トラブルになったときには、絶対に会って話す、ですね」とメール時代の体験的マナーをお互いに確認したのである。

この話、当時、飲み屋で話すと「オレも」「私も」と、いろいろなケースでみなさんそれぞれこっぴどい体験をしていたことがわかった。たとえていうならば、私たちはフグの毒に当たって死んだご先祖様たち。私たちのような先駆者がいたからこそ、みなさん、フグ料理、すなわちメールのコミュニケーションを、安全、安心にて「食す」ことができるのであります。たとえが、悪かったかな⁉

休みのマナー

柴崎友香

今年も、年末年始は東京で過ごした。十二月三十日にもなれば、都心には嘘のように人がいない。いつもは渋滞している通りも、すいすいと流れるように車が走った。

全体に、静かだ。仕事関係の電話やメールも来ないその数日は仕事をするのに最適で、東京に残っていたのだが、あまりに普段と様子が違う街を眺めて、いつもはどれだけ大勢の人が働いているか驚くとともに、こんなに一斉に休みなんやなあ、とも思った。

大阪の実家は美容室で、月曜日が休みだった（東京の理美容室は火曜が休みだと、引っ越してきてから知って驚いた）。今はそうでもないが、わたしが子供のころは年末年始も初詣《はつもうで》の着付けなんかがあって、結構忙しかった。わたし自身は小説家になって、休みはあるようなないような、つまるところ自分次第。というわけで、土日や年末年始が休みという感覚が、世間一般に比べて薄い。

買い物や展覧会は、なるべく平日に行く。百貨店も博物館も、心配になるくらい人がいない。ところが、土日に出かけると、ちょっとお茶をしようと思ってもどこもいっぱいでさまよう羽目になる。

あんまりにも、効率が悪いような気がする。それに、行楽地は土日の天気によってお客さんの入りが大きく左右されてしまう。

工場などは機械を止めるために一斉に休みになるし、子供の学校との兼ね合いもあって、土日に休みが決まっているのはある程度仕方ないけれど、平日と休日の差を見ていると、もう少し個人に裁量権があれば、と思う。時差通勤と同じく、いつ休んでいつ出勤するか融通《ゆうずう》が利くようになれば、快適になる部分が増える。

有給休暇というものがあるが、当たり前に日数を全部休める職場はそれほど多くないし、正当な権利であるはずの有給休暇を使うときに、たとえ家族の病気など事情があったとしても、肩身の狭い思いをすることだってある。

法律が変わったり改善しようと努力が続けられたりしているが、実際の職場では有名無実化しているところも多い。経済や労働に関して厳しい環境が続いていて、休めないし、休まないのが当たり前のような状況になっている。残業や休日出勤をするのが当たり前で定時に帰ったり休んだりする人はずるい、という雰囲気や圧力まで生まれている。本来は、健康に働くためにも休みは必要不可欠なものだ。

「土日や年末年始は休み」が前提の一方で、その間も交通機関は動き、コンビニは開いていて、宅配便も届く。お正月も昔に比べたら休む店が少なくなっているが、そこで働く人たちは別の日に休めているのだろうか。便利になった分だけ、なかなか家に帰れない人が増えているんじゃないだろうか。

休みを取りやすい環境を作っていくことが、社会の全体のマナーだと思う。

時間に対するマナー

大下一真

ゴールデンウィークの鎌倉は、天気さえ良ければたくさんの参拝者、もしくは行楽客で大混雑をきたす。山中小庵、瑞泉寺にもそれなりの数の方がお参りになる。

余談だが、平素の土曜日、日曜日には三件か四件の法事を営むので、ゴールデンウィークともなれば大変な数になると思われるかもしれないが、実はその逆でほとんど行事はない。というのは、法事をしたいと親戚縁者に声をかけると、折角《せっかく》の連休、旅に出かけようとしていた一家の計画を壊すことになる。だから、遠慮して外すのである。かような次第で仏事は少ないが、ご朱印や電話での問い合わせは多いので、やはり忙しい。

ゴールデンウィークの中にはこどもの日が入っている。子供たちが幼かった頃、忙しいとはいえこどもの日くらいはと、近くの喫茶店に連れていくのが何年かの恒例になっていた。コーラフロートくらいで喜んでいるうちは可愛かったが、小学生になり、お友達はどこかで楽しいゴールデンウィークをするらしいと気づいて、自分たちもどこかへ連れていってと言い出した。

「よその人が拝観料まで払って見に来てくれるいい所に住みながら、どうして出かけなければならないのか」という言いくるめがとおったのは数年で、「それとこれとは違うと思う」と言い出したのは小学校も上級生になる前だったたか。その頃になると、親戚や事情を知っているお友達のお母さんが一緒に遊園地に誘ってくれたりもした。そのうちに親のほうなど見向きもせず友達と出かけて青春を謳歌《おうか》するようになったのは、ごく自然のなりゆきだったか。

ひとさまが休暇を楽しむ時に、その楽しみを支えるサービス業と呼ばれる職種がある。山中小庵の住持《じゅうじ》に限らず、坊さん一般はサービス業に近い役割がある。別に言えば、世間皆様のお休みの時が、私どもは忙しい。おのずから世間とのギャップが生じる。例えば、隣近所でも行事が土曜日や日曜日にあると、出席できない。短歌関係の集まりなども同様で、時にはうらめしいこともあるが、仕方ない。

しかし、平日の休みはそれなりの利点が多い。美術館や催し物の見学は混雑を避けられる。道路、乗り物、飲食関係も同様である。ゴールデンウィークでは道路渋滞が話題になるが、経験したことはない。

ついでながら言うと、坊さんを集める時は、平日の友引《ともびき》の日が選ばれる。地域差はあるようだが、基本的に友引は火葬場が休みでお葬式はない。よって、末寺住職を本山に呼んでの会議や勉強会では友引を優先し、二日にわたる場合には友引の前日（業界用語では友前《ともまえ》という）からということになる。

かように、ものごとには一長一短があり、それをわきまえて楽しむのが時間に対するマナーだと思っている。

店主のマナー

ねじめ正一

東京・阿佐谷でねじめ民芸店を始めてから、43年になる。亡くなった私の父が、苦労して念願の阿佐谷に出した店である。私が詩や小説を書くようになったので、母が引退してからは、店番から仕入れ、経理とすべて妻に任せっぱなしで、30年になる。

最近その妻が、「そろそろお店、やめようかしら」と、言い出した。世間で定年と言われる歳をゆうに過ぎているし、結婚よりも離婚の方がエネルギーがいるのと同じで、開店するより閉店する方が、数倍のエネルギーがいる。だから、体力の残っているこの2、3年のうちにやめたいと言うのだ。

たしかに閉店するとなると、商品を売り尽くし、永年蓄積されてきた在庫品や什器《じゅうき》などの処分、取引先との調整、事務的なことの整理などなど、かなりの気力と体力だけでなく、閉店に向けて準備する時間が必要だ。

そんなことを考えながら、商店街を歩いていると、今まで気にも留めたことがなかったのに、閉店している店が、結構あちこちあるのが、目に入るようになった。それも60年、70年と続いた、いわゆる老舗と言われる店ばかりなのだ。商売を続けていくにはなかなか厳しい時代だ。

先日も3代続いた煎餅《せんべい》屋さんが閉店していた。きっと店主の方も、3代も続いた店を自分の代でやめるというのは、忸怩《じくじ》たる想いだったろう。閉店のお知らせの貼り紙は、そんな店主の想いが込められた文だろうと思い、近寄って見ると……。

閉店のお知らせ
○月○日をもって閉店させていただきます。永年のご愛顧誠にありがとうございました。

思いのほかあっさりした紋切りの挨拶文に、驚いてしまった。そういえば、2か月ほど前、私の生まれ育った高円寺の商店街に用事があって行ったら、私が生まれる前からあった菓子屋さんの店が閉じていた。貼り紙には、フェルトペンで「閉店させて頂きます」と、書かれているだけで、大雑把なものだった。

ところが、この間仕事で行った北陸の地方都市の、大きな商店の閉店のお知らせには、「創業以来、地元の皆様に喜んでいただけるよう、やるだけのことはやったと自負しております……」と、思いのたけが書かれていた。逆に、これは自己主張が強すぎて、読んだ人は辟易するのではないかと思った。紋切り型のあっさり文では、物足りないし、何十年もの想いのこもった文では、読む人も、閉店の苦渋の一端を背負わされている気分になるようでイヤだし、いやはや、閉店の挨拶文と言うのは、なかなか難しいものだ。そこで、私は、阿佐谷の我が店が閉店の際の挨拶文は、紋切り型をやや越えた「俳句」でいこうと、思っている。

〈最後まで店主の気概梅雨晴れ間〉

撮影のマナー

松任谷正隆

写真が撮りにくい時代になっている。下手にカメラを向けようものならトラブルになったりする。なにげに撮影した写真もどこかにアップするときには注意しないと写り込んだ人から訴えられるかもしれない。やりにくい時代になったものである。

ところで僕の大好きなカメラマンにH氏がいる。彼の撮る写真はとても自然で温かい。理由は写り込んでいる人たちがある意味油断をしているからだ。撮られている感が少なくて、だから街の匂いまでもがリアルに感じられる。写真集を何冊も買った。

ある番組の企画で、なんと彼と構成作家のK氏と僕とで写真対決をやることになった。いったいどんな企画なんだ、と思う前にハワイだという。憧れのH氏の撮影現場が見られるいいチャンスじゃないか。思いきって行ってみようということになった。

ハワイに着いて、いざレンズを向けようと思ってもやっぱりなかなかシャッターは押せない。怖いのだ。ふとH氏の方を見るとなにやらカフェに座っている女性二人連れをもう撮影しているではないか。すごいな。こちらが勇気を振り絞って、八百屋のオヤジに写真を撮ってもいいか、と聞いているうちに向こうはもう違うカップルを撮っている。嬉しそうに。

これは最初から完敗が見えている。何とかしなきゃ。そこで僕はスパイ大作戦を採ることにした。撮影する振りをしてH氏に近づいていき、どうやって撮らせてもらっているか盗み見るのである。

果たしてＨ氏はターゲットをバーガー屋の太ったおばさんに定めたようだ。するすると近づいていくＨ氏。耳を澄ますと日本なまりの英語が聞こえた。写真を撮ってもいいか、と聞いている。普通だ。いぶかしげな顔をするおばさん。しかし次の瞬間僕は耳を疑うような言葉を聞いた。

「女優さんか、モデルさんですか？　あまりにきれいだったものでつい……。あ、僕は日本で有名なカメラマンで、こっちで写真を撮っているのです。モデルエージェントもたくさん知っているので日本に来たらここに連絡してね……」

名刺を渡している。

太ったおばさんがモデル？　女優？　エージェント？　ふと見るといぶかしげだったおばさんの顔が嬉しそうになっている。ＯＫなんて言ってる。おいおい、そりゃあまずいだろう。日本に来て本当に電話してきたらどうするのよ。

彼はどこに行ってもそのスタンスを終始崩さず、従ってかなりの確率でナンパに成功していた。嘘、いい顔、温かい写真、節操。いろいろな言葉が頭の中を交錯する。それでもプロは結果が命だ。そのためには何が何でも突っ込むのだ。たとえ訴えられようが。それが出来ない僕は家で犬でも撮影するしかないらしい。

庭園管理人のマナー

大下一真

二〇一七年十月三十日の朝かその前夜に、幅十メートル、長さ二十メートルほどにわたるがけ崩れが、境内で発生した。その一昨日、昨日と続いた雨の量は半端ではなかったから心配していたのだが、杞憂《きゆう》に終わってはくれなかった。

小庵は山の中腹にあり、背後は山、前は谷で、谷に向かって百日紅《さるすべり》、枇杷《びわ》、桜の木を巻き込んで土砂は崩れた。駐車してあった職員の乗用車に泥は及んだが、被害というほどではないのが幸いではあった。

とりあえず出入りの植木職人を呼んで、三本の木の処置を依頼。倒れた木を起こし、折れた枝を切り払うのに一日がかりだった。そして翌日、植木屋の親方が来て言うことには、このままだと崩落がさらに広がるおそれがあるので土木関係の人に見てもらったほうがいいと。実は私もそう感じていたので、市役所の文化財課に電話をして見てもらうことにした。小庵の境内は国の史跡に指定されているので、大きな工事をするとなると許可が必要であり、しかるべく指導もいただかなければならないという事情もある。

文化財担当職員がやって来て、文化庁に届けを提出する指導と、被害拡大を防ぐ工事は土木担当だからしかるべく手配をすると言って去った。その夕刻、土木担当者が現場視察して、これから業者を交えて対応する旨を約していかれた。

以上が、境内の土砂崩落をめぐる二日間の顛末《てんまつ》である。その間には檀家様にご不幸があり、打ち合わせなど慌ただしかった。

二十年ほど前には、墓地の岩壁の大規模崩落があって、檀家皆様にご迷惑をおかけした。山中に住まっていると大小はともあれ、こうした自然による災害は珍しくない。といって手をこまねいているわけではなく、土砂災害を招きそうな樹木の枝を払ったりはしているのだが。

そもそも、境内や庭園の維持管理は手間ひまかかるものである。樹木は常に手入れをすることで同じような形、風情を保っている。手入れを怠ればのび放題で形は乱れ、根は庭石さえ動かし、池にまで侵入してその形を変えかねない。草は思うさまはびこり、苔《こけ》を枯らす。

その維持管理には人件費など経費がかかるのは言うまでもない。某有名庭園はそこの県の管理なので、県の職員として雇用されている植木職人が常に二十余名いるのだと聞いた。また別の有名庭園では、池の浚渫《しゅんせつ》をしたいのだが、あまりに広くて一億円を超える費用が必要なのだという。これらは一例で、手間ひま、経費の捻出に苦労している話は多い。

神社仏閣や庭園名勝を愛される方が多いのは嬉しいが、陰でたくさんの苦労があることを知っていただくと、さらに味わいが深くなるのではあるまいか。

フロンティアを目指すマナー

松井孝典

フロンティアは、米国の西部開拓時代には、開拓地と未開拓地の境界地域をさした。学問の世界では、未開拓の分野、最先端の領域などを想起させる言葉である。

２０１５年９月後半に10日間ほど、イラン北方のカスピ海西岸、アゼルバイジャン共和国を訪れた。地下約４キロの深さから、泥を伴ったメタンガスが噴出する泥火山の調査のためだ。泥から、地下の生物圏の情報を得ることができるかも、と思い付き、まだ誰も調べたことがない、そのフロンティアを目指したのである。

泥火山は、日本の温泉地帯でもよく見かける。しかしアゼルバイジャンのそれは、スケールが桁《けた》違いに大きい。石油や天然ガスが自噴するような地域で、泥とメタンガスが噴き出し、山をなしているのだ。

泥火山研究は火星探査にも関係する。火星でもメタンの存在が確認されているが、それは泥火山から噴出しているかもしれないのだ。その意味でも興味が湧く。この国の泥火山の話を聞いて以来、約２年間にわたる同国科学アカデミーとの折衝《せっしょう》の末にようやく共同研究の運びとなった。

初めて訪れたこの国で、まず目についたのは、建物の形だ。空港の建物からしてそうなのだが、曲線を強調したものが多い。炎のような形の建物もあり、通訳は「石油立国を示す」

のだと言う。

　この国の首都はバクー。かつて世界最大の産油量を誇ったバクー油田は有名だ。油田の掘削関連施設、製油所、セメント工場を横目に見ながら、人里離れた泥火山に向かう。雨が降れば立ち入れない道なき道だ。全地球測位システム（GPS）を頼りに日干し煉瓦のようになった泥の上を進む。地面の状況があまりにひどくなると、借り上げた自動車の運転手が車をとめ、肩をすくめて「ノー、ノー」と言う。「どこまで行くつもりなんだ」という顔の運転手を残し、私を含めて日本人3人の研究チームは車を降りた。微粒子も通さないマスクにサングラスを装着、シャツの襟を立て、登山靴で歩き出す。

　風が吹くと、体が飛ばされるほどの強風だ。細かな粉塵《ふんじん》が車体や衣類にこびりつく。砂嵐のもとでの有人火星探査に行ったとしたら、こんな状況になるのだろうか、という思いが脳裏をよぎった。

　確か米国は「2030年代に有人火星探査を」との目標を掲げ、着々と準備を進めているはずだ。火星着陸こそ、まさに夢のようなフロンティアへの歩みだろう。

　そこで、ハッと現実に戻る。目指す泥の噴出口まであともう少し。携帯電話の歩数計で概算すると、4キロぐらいは歩いた計算だ。「苦心惨憺《さんたん》長い道のりだったが、フロンティアに来たぞ」、と心が躍る。科学者というのはまったく因果な職業である。

ナックルボールのマナー

ねじめ正一

東日本大震災の半年前、漫画家の友人が「これからの人生はナックルボールに賭けるぞ」と宣言して、漫画家をやめてしまった。はじめは冗談かと思っていたが、宣言どおり仕事をやめて、ナックルボールに専念し始めた。彼は朝早く起きて、近所の公園の塀にナックルボールを投げ続けていると言う。

私はそのことを2年ほどしてから知り、いてもたってもいられなくなり、真夏の小さな公園に彼を呼び出し、キャッチボールをした。それまでに彼はたっぷり投げ込んでいるので、キャッチボールをしていても足元はふらつかない。

彼がナックルを投げ始めた。ナックルは空気抵抗を受けるために、球はゆらゆらと遅くやってくるように見えるが、ナックルの特徴の、回転のない球にはなっていなかった。彼は投げているうちに体の力が抜けてきて、回転しないでゆっくり球が落ちてきた。ナックルを50球ほど受けて、彼の熟達を確かめることができた。

彼が投げ終わってから、手を見せてもらうと、右の指は長く、指の関節も太い。ナックルの効き目は指の力だから、彼のナックルに向いている指の形を見せられたら、私もナックルをとことん投げたくなって、近所の公園に通い始めた。彼のナックルの投げ方は薬指と中指と人差し指の、三本の指を突き立てるのだが、私の場合は、指が短いので、すっぽ抜けないように中指と人差し指、二本の指を突き立てて投げている。私は夕方の小さな公園のネットに向かって投げているので、ゆらゆら揺れているのかどうか、よく分からないのだが、縫い目に突き立てた二本指を調整しながら投げている。

2014年、NHKで、大リーグ・ブルージェイズの川崎《かわさき》宗則《むねのり》内野手を追ったドキュメンタリー番組をみていたら、大リーガーのナックル投手の中でナンバーワンのディッキーのナックルをバッティングケージの後ろから見ていた川崎選手が、「日本に戻りたいけど、このナックルを見たら戻れないよな」と呟いていた。その通りだ。川崎選手はナックルボールの楽しさが分かっている。私としては、投手はナックルを全球遊び球として投げてほしい。ナックルは三振を取るための決め球ではない。投げる者も、打つ者も、受ける者も、観客をもゆらゆらとふわふわとした楽しい思いにさせてくれる、エンターテインメントの球種なのである。

元漫画家の彼は年々ナックルへの情熱が強くなり、腕も上げている。大リーガーは無理だが、マイナーリーグの1Aの選手を惑わすほどのナックルを目指していると言う。

私も仕事を引退したら、ロス郊外にあるサンバーナーディーノというお気に入りの田舎町の原っぱで、のどかな風景に囲まれ、日が暮れるまで彼とナックルのキャッチボールをしたいと願っている。〈ナックルの友と会いたき四月かな〉

動物に教わるマナー

同居猫のマナー

小島ゆかり

「歳時記」をのぞいてみると、陰暦（旧暦）六月には、水無月《みなづき》・風待月《かぜまちづき》・鳴神月《なるかみづき》などの異名がある。陽暦（新暦）では七月ごろに当たるので、一説には、暑さのために水も無くなり、人々は風を待ち、しかししばしば雷雨も襲う、というわけだろう。わかりやすくて、いいなあ。

するとわが家の六月は、さしずめ「猫拾月《ねこひろいづき》」。これまで飼った三匹は、いずれも六月に拾ってきた。春先に恋をした猫が、二か月後に出産し、何匹も生まれて手に余るというので捨てられた子猫を、六月に拾う。容易に想像できるサイクルではある。

三匹のうち一匹は、残念ながら手遅れで、介護のかいなく死んでしまい、ただいまは、十年前に拾った雄猫と、二年前に拾った雌猫が同居している。二匹ともよく見かけるタイプの雑種の日本猫。模様が似ているので、まるで親子のようにも見えるが、性格はまるでちがう。美形ながら臆病で非社交的な十歳の雄と、美形にはほど遠いが無邪気で人なつこい二歳の雌。人間でいえば、人づきあいの苦手な初老の紳士の家に、いきなり見ず知らずの、しかもまるでマナー知らずのおてんばな女の子がやって来たのだ。紳士がとまどわないはずはない。

八年間も家族に慈《いつく》しまれてきた紳士は、何事にもゆったりとして品がよい。はじめのうちは、何も知らない子猫が傍若無人にふるまっても、決して猫パンチなどはせず、ひたすら後ずさりするのみで対応していたが、彼女はすくすくと成長し、いつのまにか紳士のトイレで用を足し、遊ぼう遊ぼうと紳士の尻尾に跳びかかり、紳士のベッドで無邪気に眠る。トイレもベッドも別に用意してもだめ、なんでもおじさんのまねをしたい。

惜しいかな、この紳士は外の世界で揉まれたことがないので、長幼《ちょうよう》の序もわきまえず接近してくる女子にどう対処したらよいかわからず、ストレスが高じて脱毛……。さらにそこを掻《か》きむしって皮膚炎に……。美形も衰え、長く病院通いをするはめになってしまった。

それから一年、再びの青葉のころにようやく彼は全快し、ふさふさの美形に戻った。そしてまた一年。二匹は相変わらず仲がよくない。よくないけれど、なぜか同じトイレにも同じベッドにも馴れ、それなりに暮らしている。

日に何度かお互いにちょっかいを出し合って闘い、疲れてくると初老の紳士は「しゃあ！」と威嚇《いかく》。女子はすぐさまお腹を見せて降参のポーズ。ご飯や水のお皿はそれぞれ別々だが、紳士が食べ残したときだけ、女子が公認の盗み食い。いつしか、二匹のマナーができあがっている。わたしたち家族がいろいろ工夫してもだめだった、同居猫の暮らしのマナーが。

犬と人間のマナー

野沢直子

私は断然犬派である。過去には猫を飼った経験もあり猫もかわいいとは思うのだが、これも何かの縁なのか、犬を飼う機会の方が多かったせいであると思う。

今は亡き私の父は何度も事業を立ち上げては失敗することを繰り返した人だった。最終的に私が高校生になった頃に始めた事業が成功し、私たち一家は小さな借家から大きな庭付き一軒家に引っ越して、そこで柴犬のバンを飼い始めた。それが私の最初の犬だった。

私も弟もバンをとてもかわいがっていたのだが、父の事業は更に成功し続け、私も吉本興業に入ってテレビに出るようになって少し売れ始めた頃、バンは七歳という若さで病気で亡くなってしまったのだった。

祖母はよく、「こんなに家族が調子がいい時には、何か悪いことだって起きる。本来なら幸運の真っ最中にいる誰かに何か悪いことが起きていたのかもしれなかったところを、この子がその悪運を背負ってかわりに死んでくれたのだ。犬ってもんは、そういうところがある。だから、この子は早死にしたんだ」と言っていた。もちろんこの祖母の言ってることには科学的な根拠などは一切なく、バンはただ神経痛を患って死んだに過ぎないのだろう。しかし、バンが天国に行ってしまった悲しみの中で、この祖母の言っていたことは印象的でいつまでも心に残っていた。

やがて私は自分の家庭を築き、子供たちにせがまれてまた犬を飼うようになった。犬とは、その家族に何が必要なのかを嗅ぎ取って補充してくれる使者のような存在なのだろうということは実感している。

子供たちが小さい頃に我が家にやってきたボンゴという小型犬は、凶暴で家族にも牙《きば》をむき出しにして悪魔のような顔をするのが愛嬌があっておもしろく、家族にたくさんの笑いをもたらしてくれた。嬉しいとおしっこしてしまうのが癖で被害者も多く、思い出すとみんな笑ってしまう。子供たちが大きくなってくると、こうやってみんなが笑える共通の思い出というのは家族を繋いでくれる、とても貴重なものだと思う。

その後、我が家は二匹の母娘のレスキュー犬を引き取った。この二匹の大型犬の散歩は結局私の役目になってしまったのだが、これが私にはちょうどいいエクササイズになっている。帰りの車の中で後部座席を振り返って二匹の満面の笑みを見ると、なんとも言えない幸福な気持ちになって、私が更年期障害知らずでいられるのは、この子たちのおかげだろうと毎日思ってやまない。

我が家の壁にかかっている、私が十五年前に買った絵の犬は、そのレスキュー犬の二匹のうちの一匹に偶然そっくりで、この子が我が家にくることはもう決まっていたことだったのかもしれないと最近気がついたばかりである。

時間のマナー

小島ゆかり

たまには歌人らしく、歌エッセイにしてみよう。

六十代に入ったせいか、人生の残り時間ということを考えるようになった。そして、感謝の気持ちを忘れずに笑顔を心がけて生きようなどと、殊勝にも思うのだが、もしかしたらこういう殊勝な気持ちこそが、老化の始まりなのかもしれない。

　　うさんくさき自分に気づくいついかなるときも真顔の猫と暮らせば

わが家には二匹の猫がいる。古い猫とは約十二年、新しい猫とは約三年の同居だけれど、老齢の雄猫もうら若い雌猫も、つねに真顔である。一度たりとも彼らの笑顔を見たことがない。彼らといると、自分がいかにも胡散臭く見える。

思えばずっと昔、わが父は言ったのだ。「笑っていればきっといいことがあるよ」と。さらにまた父の父、僧侶であった祖父も言ったのだ。「笑顔のご縁をいただいて幸せになりなさい」と。ところがどうだ。笑顔を見せない猫たちは猫好きのわが家に拾われて真顔のままぬくぬくと暮らし、そのうえ猫同士はいつまでたっても仲が悪く、ご縁もへちまもない。笑顔を心がけている私などより数段、大物ではないか。父と祖父の教えはいったい何であったか。

しかし一方で、年々、昔飼っていた犬がなつかしい。

ゆふぞらの犬の太郎よ君の知る少女はおばあさんになつたよ

ややこしい社会のからくりに疲れると、むしょうに太郎に会いたくなる。太郎の藁《わら》色のからだは、晴れの日には陽の匂いがして、雨の日には雨の匂いがした。はつらつと無邪気にふるまいながら、本当は何もかも知っているような眼をしていた。君のよく知る女の子はおばあちゃんになり、あのころのお母さんはひいおばあちゃんになったよと、太郎に伝えたい。

みどりごにいまだ歯の無くたらちねにすでに歯の無し目眩《めくるめ》く生

その母（「たらちね」）は、曽孫が来るたび大喜びで相手をする。年齢差八十六歳の二人を眺めながら、一人はまだ歯がなく、もう一人はもう歯がないことに気づく。人生は途方もないなあ。

眼は老いてまなざし老いず遠泳のあの日の空につづくこの空

いま見えるこの空は、はるかな過去からはるかな未来へと続く途中の空だ。悠久の時間の途中の空を仰ぎながら、わたしたちもまた、それぞれの人生の途中を生きる。

ふりあふぐ木の間《こま》の空をゆくあれが時間か、すでに見えずなりたり

時間はとどまらず、そして、あともどりしない。

言葉に
命を宿す
マナー

主語のマナー

ねじめ正一

先日、ある雑誌から長嶋茂雄さんについてインタビューされた。そのテープ起こしした原稿がまとまり、ファクスで送られてきたのだが、担当編集者からの「記事をまとめてみると、ねじめさんは、『私』『僕』『オレ』の三つの主語でいろいろとお話しされているのですが、どれか一つに統一したほうがよろしいでしょうか。それともそのまま混じったままでいきましょうか」というメッセージが書かれていた。原稿をチェックしながら読んでいくと、確かに、『私』『僕』『オレ』の三つの主語がランダムに出てくる。

例えば、「……『私』は長嶋茂雄を見続けてきましたが、長嶋茂雄に『私』は一度も裏切られたことはありません……『僕』が小学校4年生のとき……長嶋茂雄は日本シリーズで6点差で巨人が負けているのが分かっているのに、ランニングホームランを打って、しかもホームでスライディングしたのです。『オレ』は、それが本当にカッコいいと思って……『オレ』はそれ以来長嶋茂雄のファンであり続けることを……」。

この短い話の中で、『私』から始まり『僕』になって、いつの間にか『オレ』になっているのだ。果たして、主語を統一すべきか、そのままにしておくべきか悩むが、無意識にしろ、自分自身の中で主語が代わる何か必然性があるはずだ。『私』は、姿勢を正して読者や相手にきちんと自分の考えや思いを述べる時、『僕』は、自分自身の事実を客観的に言う時、『オレ』になってくると、気持ちが高揚して長嶋茂雄さんがいかに素晴らしいかを、感情のままに話をしていることが分かる。

それも、独り善がりな話で相手がまったく見えていないのだ。その代わり、活字になっても、話にスピード感があることだけは伝わってくる。

この原稿はインタビュー記事だから、喋り言葉の臨場感を残しつつ、読者に言いたいことがちゃんと伝わらないといけないから、『私』と『オレ』の中間の『僕』で行こうと決めた。が、長嶋茂雄さんへの熱いラブコールのくだりになると、どうしても『オレ』が頭をもたげてくる。結局、『私』だけを外して『僕』と『オレ』の二つの主語に収めて、編集者に原稿を戻した。

よくよく考えてみれば、日常会話の自分の主語は『オレ』が圧倒的に多くて、一番楽である。

しかし、何時《いつ》でも何処《どこ》でもどんな時でも『オレ』が通用するわけではない。主語のTPOを心得ていないと、失礼な奴だと非難されるのは間違いない。ビートたけしさんの足立区的『オイラ』や、蛭子《えびす》能収《よしかず》さんの長崎方言的アクセントの『オレ』が定着しているように、私の『オレ』も、杉並区高円寺的『オレ』として通用するようになればいいなと、思っている。

〈ラッパーのオレオレオレオレのオレの冬〉

文章添削のマナー

島本理生

時々知り合いから、文章を見てほしい、と頼まれることがある。個展のDMや会社の会報誌や履歴書など様々だ。

作家の中には、プロなのにタダで気安く頼まれるのは困る、と考える人もいるが、私自身は文章を生業《なりわい》にしていない人の書くものに興味があるので、余裕さえあれば引き受けることにしている。

ところが、これが意外と難しい。もちろん読んでいれば気になる箇所はあるものの、手を入れすぎるとそれはもう私の文章になってしまうからだ。

初読では余計だと感じた一文でも、後からじわじわ残ることもある。そうなると多少前後の辻褄《つじつま》が合っていなくても、旨みや個性と捉えるべきではないかとも思う。なので基本的な部分だけを注意して見るようにしている。

句読点の数や位置。同じ単語や言い回しが多すぎたり、語尾がずっと「だった」が続いて単調になっている、等々。

男性の場合は、論理を展開していくうちに一文が長くなりすぎていることが多いので、適度に句切ったり主語を足したりする。

女性の場合はやや説明が足りなかったり、逆に控えめすぎてインパクトや抑揚《よくよう》に欠けることがあるので、客観的な事実や具体例を増やしてはどうかと提案したりもする。

どんな人にも書き方のクセはあり、そこから意外な姿が垣間見える瞬間は面白い。一見気難しそうな人が「ゆっくり」「のんびり」といった柔らかい表現を使おうと心掛けていたり、自己主張の強い人が、意外と冷静に他者のことを淡々と書き綴《つづ》っていると、こちらも不意を突かれる。

少し話は逸れるが、岡本《おかもと》太郎《たろう》さんの著書を初めて読んだときには驚いた。「芸術は爆発だ」といった奇才のイメージが強いが、本を読むとその発想が明確な論理的思考に基づいていることが分かる。

とくに私が好きなのは『日本の伝統』（光文社知恵の森文庫）の中の一節だ。

法隆寺の中門に対する評論家の「ただの開放的な通路ではない。閉鎖をも暗示している」という表現に対して「いったい、この先生は、どんな仕かけの門をほかに知っているというのだろうか。『ただの開放的な通路』にはふつう、門はつけないものです。だからとうぜん、あらゆる門が『閉鎖をも暗示している』とは、思わず笑ってしまう。その一方で、「そういうポーズによってますます古典は観念化されてしまう」という指摘には、読むたびに納得させられる。名文だ。

会話はある種、反射神経に近いところがあるので、けっしてその人のすべてを知りえるわけではない。書くという行為は時に、そんな表層化していない人格を映し出す。

だからこそどんなに短い文章でも、手をくわえる側は誠実に向き合いたいと思う。

流行語のマナー

小島ゆかり

二〇一六年の流行語大賞は「神ってる」。広島カープの劇的な活躍が思い出される言葉である。若い人たちにとっては「神《カミ》！」の動詞化、若くない人たちにとっては「神がかっている」のカジュアル化だろうか。

いずれにしても、暗いイメージの言葉でなくてよかった。流行語はすなわち、その年の日本社会の興味と志向を示すものであるから。

そこで、ぜひ提案したい言葉がある。それは「きんぴら」。愛されるお総菜の、ナンバーワンかツーかスリーか。昭和のころよりは低迷しているにしても、そこそこ上位にはランクインしているにちがいない「きんぴらごぼう」の「きんぴら」です。

そもそも「きんぴら」とは何か。語源と思われる「金平節《きんぴらぶし》（公平節とも）」は、桜《さくら》井《い》和泉《いずみ》太夫《だゆう》という人が創始した浄瑠璃の総称。坂田金平を頭とする四天王が活躍するらしい。どこかで聞いたような話だなあと思ったら、そう、坂田金平は、あの足柄山の怪童金太郎のモデルになった坂田金時の息子という設定なのだ。金時の息子の金平。金時豆と金平牛蒡《ごぼう》が親子だったとは。

やがて「きんぴら」は、粗野であっても強いものを表す言葉としてひろがり、江戸時代には「金平足袋」「金平糊《のり》」「金平娘」などもあったらしいが、現在まで知られているのは「金平牛蒡」のみ。

それにしても「金平娘」って、なんだか楽しい。粗野ながら強い娘さんがめずらしかったからこそ、こんな言葉でからかったのだろう。いまはむしろ、「金平少年」や「金平息子」こそ希少価値。「お宅のお坊ちゃん、金平息子さんなんですって、うらやましいわー」などと会話する時代が来るかもしれない。

「きんぴら」は親しみやすくて調子がいい。ほめてもからかっても、からっとしている。なにより、明るくたくましい感じ、これがいい。やさしい「ゆるキャラ」の時代はもう終わるのだ。複雑で不安で困難なこれからは、きんぴらな人がすてきな「きんキャラ」の時代。

超高齢社会をたくましく生き抜く「金平老人」。仕事も育児もがんがんこなす「金平パパ」。少々見栄えは悪くとも災害にはめっぽう強い「金平ハウス」。ついでに、先端的な機能は付いていないが、いかなる災害時にも通信可能な「金平フォン」はどうだろう。さらに、細かい利子の計算はまちがえても、ぜったいに倒産や合併はしない「金平銀行」。高価すぎたり洗練されすぎてはだめな「金平ファッション」。「金平幼稚園」や「金平病院」（あ、これはマズイか）。ああもうきりがない。

「あなたって、金平ってるところがすてき！」とほめられるのを夢みて、強く生きよう。

言葉へのマナー

大下一真

修行仲間の道場での思い出話の一節である。

飯台看《はんだいかん》で支度ができたので、斎座《さいざ》だから雲版《うんぱん》を打つんだけど、雨が降って暗くて寒いものだから夕方のような感じで、薬石《やくせき》の気分で柝《たく》を打ったんだよ。そしたら、間髪容れず典座《てんぞ》は怒鳴る、副随寮《ふずいりょう》からも飛び出てきて怒鳴る。えらい思いをしたもんだ、ははは。

修行した者なら聞いて同じく笑うのだが、一般の方のほとんどが内容を解せず、なんで笑うのか判らない。解説すると次の如くである。

修行道場で斎座と呼ばれる昼食はたいていは十時で、典座という食事を作る役のものが時間に合わせて調え、できると雲版という雲のような形の銅板を打って知らせる。坐禅堂内にいる者の中で飯台看という役が決まっていて、飯台看は典座のところに行って飯台を並べ皆が来て食事できるような座を作ると、それを知らせるのに雲版を打つ。朝と昼の食事の場合は雲版なのだが、薬石と呼ばれる夕食の時は、雲版ではなく柝と呼ばれる拍子木を打つ。この場合、昼食だから本来は雲版を打つべきところ、間違えて柝を打ったので、近くにいた典座は怒鳴る、少し離れたところに部屋のある副随という役の者まで飛びだして来て怒鳴ったというわけである。

言ってみればたわいない失敗談なのだが、専門用語と道場の食事のシステムを理解していないと、何がおかしいのか判らない。

身近な例を出したが、一般になじみの薄い言葉の多いこの世界を理解してもらう難しさに、しばしば直面する。ならば平易な言葉に替えたらいいかというと、そういうわけにもいかない。ひとつの言葉にはすごい量の背景がある。例えば夕食を指す「薬石」である。

お釈迦《しゃか》様の時代、正午を過ぎたら食事をしないのが戒律だった。しかし、仏教が広まるにつれ、杓子定規での戒律では対応できなくなった。とくに北の寒い地域では、仏教の生まれた北インドと環境が異なる。そこで食事も、正午を過ぎる場合には病を療じて修行をするための薬としていただくのだということになり、「薬石」と名付けられた。このような由緒を知れば、単純に「夕食」などと置き換えられないのである。

私どもの世界に限らず、一つの歴史、伝統のある社会には専門的な言葉があり、それぞれに重く深い由緒来歴が秘められている。だから、そうした言葉に対して虚心坦懐《きょしんたんかい》に向かわなくてはならないと、近ごろ思うようになった。

この原稿を書き終えたら泡般若をぐっと飲もうと思うが、泡般若とはビールのことで、これは隠語であって伝統に則《のっと》った言葉ではないから、深く詮索しなくてもいい。

好みの表明のマナー

柴崎友香

　エッセイに、紺色の洋服が嫌い、と書いた。特別理由があるわけではなく単なる好みで、高校の時に友人が「ギンガムチェックが腹立つ」と言っていたのを引用して、自分も紺色は腹立つの域かも、というようなこと。

　しばらくしてから、トークイベントに来てくれた知人のブログを読むと、「柴崎さんが紺色は腹立つと書いていたので、紺色を着ていかないように気をつけた」とあった。ものすごく驚いた。

　あくまで自分の好みの話で、紺が似合う人は素敵だと思うし、人の洋服にまで自分の趣味を持ち込んで判断するなど、まったく考えていなかった。そういえばファッション誌にも「好感度」の見出しがあるから、服を選ぶときに会う人の好みを考慮する人もいるのだと、気づかされた。

「ギンガムチェックが腹立つ」友人と会うときも、自分はそれを着たし友人ももちろん怒らなかった。「腹立つ」というのは二年前から紺色が流行しているためにわたしの好きな黒が売っていないことが多いから、と件《くだん》のエッセイにも書いたつもりだったのだが、好き嫌いの表し方は難しいと思った。

　そういうわたしも、何人かで実際に会って話しているときに、「○○って嫌い！」と目の前で強く言われてしまうと、「わたしは好きなんだけど」とは言いにくくなる。言いそびれているうちに、他の人も、そうそう、あれはだめだね、なんて雰囲気になりやすく、「いや、その気持ちもわかるけど、こんなおもしろいところもあってね」と、言ってもいいはずなのだが、曖昧にやり過ごしてしまう。

「好き」のほうであっても、もちろんみんな好きでしょ、あれがいいと思わないなんておかしい、と多数の意見が「当然」のようになると、少数派は居心地が悪い。

今の会話には、「そうだよね」「わかるわかる」という「共感」の言葉は容易で豊富だが、それ以外の気持ちを表すことが難しくなって、ともすれば「否定」と感じてしまう。

「反対」までは行かずとも、「ちょっと違う意見」「わたしはそう思わないけど、その考えもおもしろいね」と言おうとすると、途端に喉元に引っかかるような感じになる。

SNSなどは、本来は環境や立場の違う考えに触れられるツールでもあるのだが、現状では同じ意見、似た感覚ばかり集めてしまいがち。「こちら側」と「あちら側」に分かれてしまって、「対話」の仕方を学ぶ機会はいっそう遠ざかっているように思う。

「好き」も「嫌い」も、素直に表明できるといい。そのためには、別の「好き」「嫌い」を萎縮《いしゅく》させてしまう圧力になっていないか、自分と違う感覚を受け入れる余裕があるか、心にとめておきたい。

謙虚というマナー

大下一真

山中小庵・瑞泉寺の恒例行事の一つ艸心忌《そうしんき》は、歌人吉野秀雄《よしのひでお》を偲《しの》ぶ集いで、命日にちなんで七月の第一土曜日に行われる。

吉野秀雄は明治三十五（一九〇二）年に群馬県高崎市に生まれ、家業の繊維問屋を継ぐべく慶應義塾大学経済学部に進むが、肺結核で断念。以後、独学で文学の道を歩んだ。晩年は喘息やリウマチなどに苦しみながらも歌人として高い歌境を開き、良寛《りょうかん》の研究家として知られ、最初の妻を失った折の凄絶《せいぜつ》な作品や、再婚の妻登美子《とみこ》の前夫八木重吉《やぎじゅうきち》の清廉《せいれん》な詩を世に送ったこと、旅と酒を愛したことなど、個性的な人柄で愛された。

「山口《やまぐち》君！　恋をしなさい」

と、先生が言った。

「恋愛をしなさい。恋愛をしなければ駄目ですよ。山口君。いいですか。恋をしなさい。交合《まぐわい》をしなさい」

先生は、力をこめて、声をはげまして言った。

「山口君」は山口瞳《ひとみ》、「先生」は吉野秀雄。山口瞳『小説・吉野秀雄先生』の一節である。続いて、酒を飲むとすぐに酔い、酔ってから際限なく飲み、酔うとどこにでも寝てしまい、巨大な軟体動物になってしまうと書き、「電信柱に巻きついてしまう。これをひっぺがすのは、難事だった。そうやって、お宅まで巨人を背負って帰ることになる」とエピソードを披露する。

吉野秀雄と山口瞳は、今は幻として語り継がれる鎌倉アカデミアの教授と学生であった。「弟子というより、先生に惚れてしまうのでしょう」と、この本の「あとがき」に山口瞳は記す。

吉野秀雄には、書家という顔もある。骨太な書体は、ぐいぐい押してくるような迫力にあふれる。小庵には、わが山中を題材にした短歌作品をしたためた書が十幅余寄贈されている。

　手作りの椎茸あぶりすがすがと豊道和尚酒を下さる

という一首の「豊道和尚」は小庵の先代。椎茸あぶりで酒を勧める和尚に対して、吉野秀雄は嬉しそうである。

色紙や短冊はもっと多い。ついでに、色紙掛けも寄進されている。色紙掛けには原稿用紙にペン書きの、次のような添え状が残されている。

　色紙かけを作らせましたので、謹呈いたします。
　なほ拙筆色紙三枚謹呈いたしましたが、これは決して私の色紙を入れて下さるやうにといふことではございません。どうかえらい方々のものをお入れになるやうにお願い申します。
　吉野秀雄

豪放磊落《らいらく》のような逸話を多く引いたが、細やかで丁寧に書かれた書体と合わせて、この謙虚さがもう一つの顔でもあるのだと、色紙掛けを使うたびに思う。

伝承を科学するマナー

松井孝典

２０１５年８月にスリランカを旅した。古都キャンディで開催された、パンスペルミア説（生命は宇宙から飛来するという考え方）に関する国際会議に参加するためだ。20世紀後半、二人の学者がこの説を主張した。その一人が、この国出身の天文学者チャンドラ・ウィックラマシンゲ氏で、彼の助言のもとに、この地の大学が宇宙生物学センターを設置した。それを記念しての会議である。

会議後、２０１２年にキャンディ北東の遺跡に降った「赤い雨」の調査に出かけた。「赤い雨」の記録は、約２５００年前から、様々な文明の古文書などに残り、世紀ごとに世界各地で目撃談が伝わっている。こうした伝承を参考にしながら研究することが、自然科学の発展、時には、大発見につながることさえある。

21世紀になってからは、01年、インド・ケララ州に降った例もある。赤い雨の正体は大きさ数ミクロンほどの小さな細胞だが、その由来はまだわかっていない。現在私たちが調べている。今回の例では、赤い雨と同時に隕石らしきものの落下も目撃されている。

旅の最後に、インド洋に面した天然の良港ゴールを訪れた。ゴールの市街地を対岸に見下ろす高台の岬に、日本の宗教団体が建設したパゴダ（仏塔）があった。そこの住職から、この付近は、「ウナワトゥナ」と呼ばれ、現地語で「あっ、落ちちゃった」という意味だときいた。

　その由来は古代インドの叙事詩ラーマーヤナに書かれているという。スリランカにラーマ王子が遠征した時、その弟が重い傷を負った。命を救うため、配下の猿軍の英雄ハヌマーンは空を飛んで、ヒマラヤの山に生える薬草を取りに行く。だが、薬草の名を忘れ、山ごと運んできた。その際、手から一部が落ちて、入り江ができたというのだ。

　これは隕石衝突を描写した伝承のようにも解釈できる。興味深いことに、この話は「隕石」の「隕」の字の成り立ちに符合する。「隕」のこざとへんは神様が天と地を昇降する階段を表し、「員」には丸くて転がる意味がある。だから「隕」は「落ちる」という意味になる。ＳＦ作家アーサー・Ｃ・クラーク氏も、この地に調査に来たという。

　入り江を眺めている時、島根県益田《ますだ》市沖の日本海で、１０２６年（万寿3年）、地震による津波で水没したとの伝承がある「鴨島《かもしま》」を思い出した。歌人柿本人麻呂《かきのもとのひとまろ》の終焉の地とも言われる。これを論じた梅原猛《うめはらたけし》氏の「水底の歌」（１９７３年）を読み、93年から94年にかけ、学術調査団長として海底を調べ、万寿3年頃の津波の跡を発見したのだ。

　伝承を科学的に裏付ける根拠を明らかにできたことの感動。それをこの「ゴール」で、もう一度体験したいと思った。

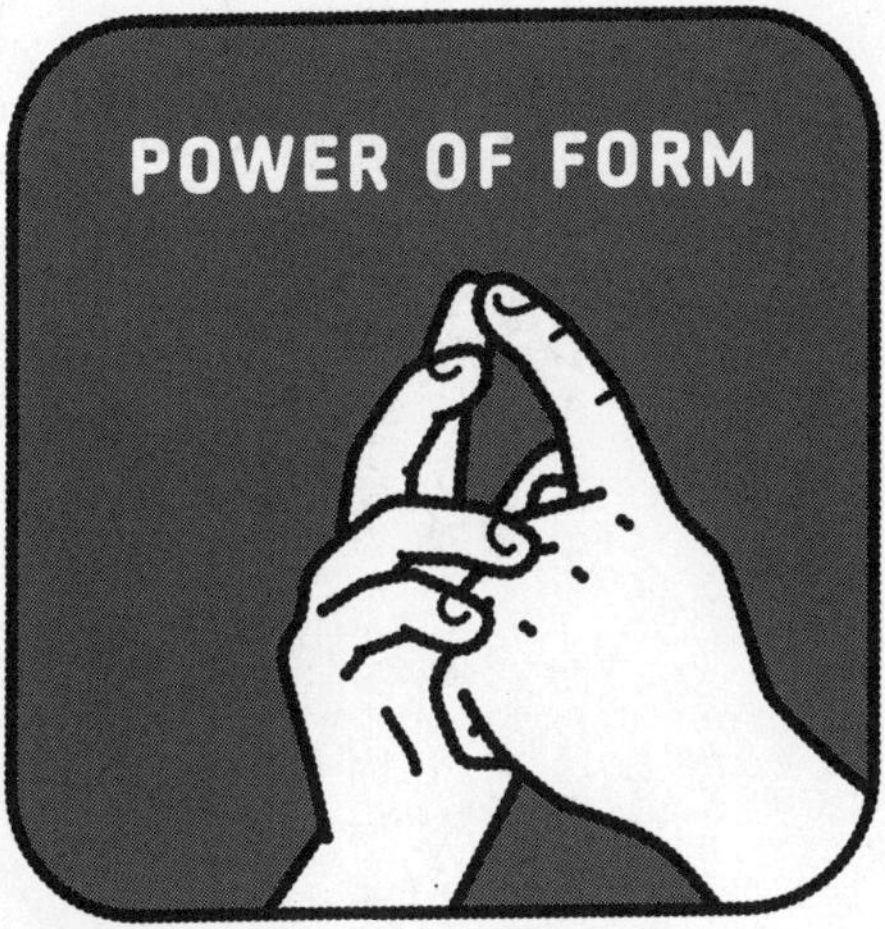

ちょうどいい
暮らしの
マナー

器のマナー

島本理生

今年に入ってから『なごみ』という茶道の専門誌で「陶芸家の食卓」というエッセイの連載をしている。

私が陶芸家の方のお宅にお邪魔して仕事を見学し、実際にその窯《かま》の器を使ってお昼をご一緒するというもので、手間のかかる企画にもかかわらず、皆さん、とても優しく迎えてくれるので、毎回恐縮しつつも楽しい時間を過ごしている。

もともと陶芸には興味があった。趣味で一人旅をしながら九谷焼《くたにやき》や波佐見焼《はさみやき》の窯を訪ねたりしていた。とはいえ知識があったわけではなく、素敵だな、と眺めていただけのこと。仕事として一から話を聞けば、初めて知ることばかりである。

窯で焼くときに器の表面に薪の灰がかかり、一部、ガラスが溶けたように固まる。それを自然釉《ゆう》と呼ぶのだが、たとえば同じ松の灰でも違う色に変化することがある。

その仕組みが理解できていなかった私に、岩手在住の陶芸家さんは、窯の中の酸素量を調整することによって酸化や還元による化学変化を起こして色を変えているのだ、と丁寧に教えてくださった。

具体的な工程を学んだ後に、あらためて器に触れると、どんなに資料を読んでも素人には遠く感じられていた陶芸の世界がぐっと近くなっていた。

まるで魔法を使って生み出したように見えていた、ガラスが溶けて濡れたように光る皿や、ざらりとした赤い火《ひ》襷《だすき》のかかった徳利《とっくり》が、具体的にどうやって作られたのかを知った後では愛着も断然、増す。

お菓子や惣菜を盛り付けるときに、角度を変えて置き方を工夫してみたり、その器が水分を吸いやすく色移りしやすいと知っていれば、後片付けのときに一つだけでもさっと洗ってしまおう、と一瞬一瞬の丁寧さを心がけるようにしたら、それを手間と思うどころか、以前よりも使うのが楽しくなった。

取材中、陶芸家の方たちがそろって、使う人への気遣いを口にしていたのが印象的だった。個性は出しつつ、使う側に対する礼儀も込められた手仕事は、器を通した人と人との対話でもあると感じた。

器を扱うことは、作り手と、買った自分自身の心を扱うことでもあるのかもしれない。

個人的に好きな言葉がある。仕上がった作品のいわば表情を「景色」と表現することである。

「窯の温度とか、釉薬の溶け方によって、見えてくる景色も違ってくるんです」というように。

それは伝統や技術や世界観を積み重ねながらも、たった一つの偶然性を纏《まと》った焼き物の表現としてぴったりで、奥深さにますます魅了されている今日この頃だ。

草取りのマナー

大下一真

取っても取っても青い草

　というのは種田山頭火《たねださんとうか》の「分け入つても分け入つても青い山」のもじりだが、山中小庵の庭は夏にむかっていよいよ草の盛りである。

　春先に諸葛菜《しょかっさい》が伸びて花を咲かせると一面紫雲《しうん》たなびく浄土のおもむきだが、五月の連休が終わった頃から衰え始めると、ここを先途《せんど》と他の草が気負う。もっとも目立つのがヤブジラミで、人参のような葉っぱのうちは目立たないが、四、五十センチほどに伸びて小さな白い花を咲かせるとあとは早く、たちまちに種を結んで、抜こうと思おうものなら軍手でも衣服でも、触れたものにまとわりつく、しがみつく。これが種の範囲を拡げる驚くべき戦略なのである。

　そおっと蔓《つる》を伸ばして椿《つばき》といわず紫陽花《あじさい》といわず覆い、ついには枯らしてしまうほど繁殖するのがヤブカラシ。まこと即物的な命名と思うが、ともあれ庭のギャングのような存在である。他に、イヌムギやハルジオンなどにも手を焼く。ハルジオンといってもどんな草花か判らない方もおありだろうが、空き地にすっと伸びた菊のような花が群生して咲いていたら、たぶんそれはハルジオンで、手入れされない土にも繁る。逆に言えば、手入れされていない庭だと誤解されかねないから、懸命に抜く。

そんなに面倒ならいっそのこと刈ってしまったらどうかという話になるが、実は、来年のために、諸葛菜の花が種になって地に落ちるまで待っているので、刈り取るわけにはいかないという事情がある。かくて、抜く草抜かない草の判別をしながら仕事をしていると、最後は追いつかず、ヤブジラミもヤブカラシもハルジオンも無事に子孫を残し、また来年の、いや永遠の格闘の好敵手となる。

しかし思えば、一木一草それぞれに尊い命を宿し、その命を伝えるための知恵を持っている。愛して残す花と嫌って抜く草の区別は人間の嗜好《しこう》であり、わがままに過ぎぬ。だから、ごめんごめんと言いながら草を抜き、悪い悪いと言いながら捨てるのが、私流の草取りのマナーである。

このように草取りの話をしていると、住職みずからそのようなことをなさるのですかと問われることがある。むろん嘘ではない。そもそも禅寺では、畑仕事などを作務《さむ》と呼んで尊び、唐代の禅者百丈《ひゃくじょう》和尚は「一日作《な》サザレバ一日食《くら》ハズ」と言われた。勤労なくして食なしという戒めである。食事の折に「食事五観文《じきじごかんもん》」という五節からなる偈《げ》を唱える禅寺の習わしは前に書いたが、その第二は

二つには己が徳行の全欠《ぜんけつ》と忖《はか》って供《く》に応ず

である。「私はこの食事をいただくだけの良いことをしたかどうかをおしはかって頂戴します」というのが現代語訳で、草を抜いたことでとりあえずは食にありつけるのである。

マナーのマナー

柴崎友香

そもそも、どこからどこまでがマナーなのか。

分野ごとに規定され、明文化された「ルール」とはまた違うのが、ややこしい。

マナーを手元の大辞林で引いてみると、「行儀。作法。礼儀」とあって、それらの言葉をたどっていくと「礼＝社会生活をする上で、円滑な人間関係や秩序を維持するために必要な倫理的規範の総称で、人として従うべき行動様式全般を包括《ほうかつ》する」に行き着いた。円滑な人間関係のために、というのは納得だが、倫理的規範、行動様式全般、とは、かける網が広すぎて混乱というか、いっそうひるむ。

たとえば、インターネットの質問サイトで「マナー」を検索してみると、職場での行動からご近所づきあい、結婚式まで、誰かの実例とともに「非常識」「そんな人とは絶縁するべきです」などの回答がどんどん出てくる。気が弱いもので（思い当たることもいくつかあり）、自分が言われているような気持ちになって不安になってくる。

強い非難の言葉が続くと、その「非常識」とされた本人に誰か注意したのだろうか？ と、気になってくる。「あかんよ」「ちゃうで」と周りの誰もが言うことなく、不満を募《つの》らせているのでは？

注意しても聞かなかったり、いわゆる「逆ギレ」をされたりしたら、それこそ「非常識」

「マナー違反」なのだろうけど、単に知らなかった、間違いを教わってしまった、ということもあるんじゃないだろうか。ネットで検索すればいいじゃないか、と返されてしまいそうだが、見つかる答えが唯一の「正解」とも限らない。

「マナー」は境界が曖昧《あいまい》だ。時代につれて変わったり、文化や仕事の業界によって独自の「進化」を遂げていったりする。先日これもインターネットでだが、「得意先で出されたお茶を飲むのは失礼」という意見と、飲まないほうこそ失礼という意見を見かけた。わたしはどちらも失礼ではないと思う。

　人間関係が円滑に進むように、気持ちよく過ごせるように、との配慮から生まれた事項が、だんだん細かく厳格になっていって、それを守ることが第一の目的になってしまうのはつまらない。かえって関係性が損なわれ、誰かを減点し、排除するためのものになってしまったら、本末転倒ではないか。

「マナー」について、しばしば違和感を抱きつつ、わたしなどが語れるのかと思いつつ、「マナー」についてのエッセイを書くことにしたのは、自分の思うところのマナー、という前提があるからだ。むしろ、「ちょっと偏《かたよ》ってるのでは」「そう思うのはあなただけでは？」、と「ツッコミ」を入れてもらえるくらいが、ちょうどいいと思っている。みんなそうでしょ、当たり前でしょ、とはならないようにしたい。

型というマナー

松井孝典

２０１５年11月、京都賞の授賞式と晩餐会に出席した。ここ10年ほど、これが筆者にとって11月の恒例行事となっている。その年は基礎科学部門が、地球・宇宙科学の分野なので選考委員長として関わった。受賞者はミシェル・マイヨールというスイスの天文学者である。その業績は、１９９５年に初めて、太陽系以外の恒星にも惑星があることを発見したというものである。

ホテルで行われた授賞式にはドレスコードがあり、タキシード着用が義務付けられている。受賞者が着用するのは分かるが、参加者全員に要請する授賞式は少ない。

初めはタキシードに身構えるような意識があった。同じような印象を抱くのは私だけではないようだ。学者の友人たちも常日頃見かけない互いの姿に違和感を覚えるのか、会話も雰囲気も、どこか構えている感じがする。

それもいつしか慣れて、最近は着用することにも、周囲の雰囲気にも、最初の頃のような違和感はない。しかも、この姿で終日行動すると姿勢が良くなり、精神的にもシャンとする。身支度を整える行為が精神に影響するのだろう。

朝起きて身支度を整え、電車に乗り、勤務先に出かけていく。日常の行為だが、身支度を整えることで精神的にも肉体的にも、その日の準備がおのずから整えられる。その結果、仕事場に着くとすぐに仕事モードになれる。

かつて、アメリカで研究生活を始めた頃、この日常行為の変化に戸惑ったことを思い出す。電車通勤ではなく、朝、身支度をしなくてもいい、自動車通勤になったことで、研究を始動する思考回路への切り替えがスムーズにいかなくなったのだ。

研究所に着いて自分の部屋に入っても、運転していた緊張感が残り、すぐに仕事を始められないのだ。まずコーヒーを飲み、ゆっくりと呼吸を整えて、おもむろに考え始めるなどの準備が必要になった。

これは準備というより「型」と言った方がいいかもしれない。日常の思考ではなく、研究や執筆の思考モードに入るためには、「型」が必要なのだ。身支度ではないが、外形を整え、その見える形に意味を見いだし、あえてそれを強調する。これを日本では広い意味で「型」というのだろう。

中学のころ没頭した剣道でも、昇段試験には試合形式の実技の他に、「型」の審査があった。我が国の習い事にはこの種の「型」がつきものだ。修業とはこの型を無意識のうちに無心の境地で身につけることではないだろうか。

しかし、今の日本では「型」という概念が、それほど注目されていない。

「型」はプロが持つものである。これはプロが少なくなっていることの裏返しなのかもしれない。筆者が危惧している社会現象の一つである。

季節を歩く マナー

床の間のマナー

大下一真

山中小庵を称しているが、瑞泉寺にはそれなりの数の建物があり、床《とこ》の間《ま》というものがある。床の間があれば掛け軸を掛け、時に取り換えなければならない。その数五つ。建物の性格と用途、大きさも異なるので、工夫が要る。というと面倒なようだが、私にとっては楽しいことなのである。

客殿というのは法要の時の檀家さんの控室になる部屋で、床《とこ》は二つ。一つには仏画かそれに類する改まったものを掛ける。もう一つは当世風にテーブルと椅子の席になっている部屋で、床も低いので、小さなものか色紙を掛ける。書院は檀家さん以外に茶道のお稽古にも使う部屋で、季節に応じたものを探す。幅二間《けん》という大床なので、時には思い切り大きなものを掛ける。ただし、片付けは大変。それから、茶室が二棟。横軸が合う床とオーソドックスな床とがあって、それぞれに合う、多くは季節に応じたものを選ぶ。しかし、季節感ばかり追うと手持ちの軸が種切れになるので、季節不問のものもはさむようにしている。

禅寺の床だから禅僧の書いたものが多いのは当然だが、教えとか季節感というほかに、お書きになった高僧にまつわる逸話、小庵にある由緒など話題性も考える。

十二月になると、茶道の世界では「無事」の語を掛ける。小庵にはごくごく小さい「無事」の書幅があって、この時期にはよく使う。ごくごく小さいお守りの札くらい、というより、そもそもがお守りだったものである。

昭和五十年の冬、円覚寺の修行道場にいた私に、インドに行くという話が舞い込んで来た。詳細は略すが、当時の管長兼専門道場の師家（指導者）だった朝比奈宗源《あさひなそうげん》老師が、三片の沈《じん》香《こう》と「無事」とみずから書かれた小さな紙片を懐紙に包み、「わしに代わってお釈迦様の聖地でこの香を焚いてくれ。それから遠い地を旅するのだから、無事に帰れるようにわしの書いたお守りを持っていけ」と渡して下さった。その折りの二週間の旅は無事に終えたが、私はこのお守りを持ち続けていた。管長様はその数年後に逝去されたが、私はずっとお守りいただいて来たのである。

お守りいただいて来たのではあるが、それでも限度がある。包み紙が破れて来た。そこで、掛け軸にすることを思いついた。といっても元がお守り札である。そこそこの大きさの台紙に張る台紙張りという方法で軸装にした。

初めて見る人は「おや」という顔をする。由緒を話すと納得した表情になり、ちょっと羨ましそうな顔をする。たぶん私は、自慢げな顔をしているのだと思う。

書かれた内容、書いた人、由緒など床の間の掛け軸をめぐる話は面白い。近年は床の間のある家が激減しているようだが、このような楽しさを知らないのは残念に思う。

サンタのマナー

島本理生

サンタクロースと聞いて思い出すのは、五歳のクリスマスの朝である。目が覚めた私は、期待に胸を高鳴らせていた。そして枕元を見ると、そこにあったのはプレゼントの箱……ではなく一通の手紙だった。

開いてみると、それはなんとサンタからの手紙だった。

そこにはこう書かれていた。

「サンタさんは足をケガしてしまって、今年はプレゼントをはこべませんでした。かわりにお金をおいていくので、お母さんになにかほしいものを買ってもらってください」

封筒の中の数千円を手にした私は喜んでいいものか判断がつかず、とても反応に困ったのだった。

大人になった今では、サンタ側の苦労もそれなりに理解できる。とくに子供に人気の商品は、この時期、入手困難なものも多い。そして用意したプレゼントがかなり大きい物だった場合には、当日の晩までどこに隠しておくのかといったことも問題になってくる。

そういえばサンタから現金が届いた年に頼んだものは、子供用の自転車であった。

サンタには周到な準備が必要なのだと、親になって初めて気付いたことである。

そんなふうに大人が苦労した分だけ、子供がびっくりして喜ぶ姿が嬉しい朝でもある。

しかし、願いをかなえること以上に大事だと感じることもある。

サンタが来なくなることを子供に伝える儀式だ。

小学校入学直前のクリスマスに、私のサンタは突然来なくなってしまった。

事前に「今年はもう来ないかもね」と親から少しはほのめかされていたものの、「だけどいい子にしてるよ」と言って、まったく信じていなかった。

なぜならサンタが来るか来ないかは、サンタだけが知っていることであって、親に分かるはずはないと子供なりに考えていたからである。

がっかりして登園すると、ほかの子たちにはちゃんとサンタが来ていた。

自分だけが悪い子だと言われて疎外されたように感じてその日はずっと泣いていた。

そんな私を慰めようと、先生はたくさんの言葉を使ってサンタが来なくなった理由を説明してくれた。悪い子だからサンタが来なくなったのではなく、まわりよりも一足先に成長して小さな子を卒業したのだと。

今でも子供だった私に丁寧に語りかけていた先生の表情や声の感じを覚えている。そして泣くほど純粋に信じていたものがあったことを、なにより懐かしく思い出す。

大きくなった我が子の元にも、サンタが来るのは今年でたぶん最後だろう。

それが幸せなことであると思えるクリスマスにしたい。

年末のマナー

小島ゆかり

かつてはひたひたと近づいてきた年末が、いつからかぐんぐんと、いまやだだだだと迫ってくる。

「年女なんですぅ」

「あらま、還暦？」

「おまけに初孫もできて」

「まあー、おめでとうございます。おばあちゃん仲間ね。でも、見えないわー」

「いえいえ、あなたこそお若くて」

「とんでもない、あちこちがたがたよ。とくに人の名前はだめよね、本当に忘れちゃう」

「まあ、それはしばしば」

「しばしばどころか、いつもよいつも。会って挨拶しながら、ああ、この人の名前なんだっけって」

「ってことは……。わたしの名前わかります？」

「もう、イヤッダア」

などと騒いでいた年も、まもなく終わろうとしている。年々一年が早くなると言っていた年長者の言葉は本当だった。

十二月は師走であり、極月《ごくげつ》とも呼ぶ。極月……、なにか極まる感じに迫力があって、オマエナニシトルカ！　と叱られそうなひびきだ。
大掃除はどうしようか。仕事が一段落してからチャッチャッとやろう。年賀状は。これはもうさぼろう、儀礼の言葉は苦手だから。買い出しは。最近はお正月だってスーパーはやっているが、油断していると商品の値段がばからしいほど高くなる。お餅やかまぼこは早めに買わなくちゃ。夫や娘の予定はどうか。孫はいつ来るか。ヘルパーさんはどうなるのか。あああもう、めんどくさいなあ。

こんなふうにあれこれ考えはじめると、あきらかにストレスがたまる。ストレスがたまると代謝が鈍り、血流が悪くなり、突然、脳溢血や心筋梗塞を起こすことだって考えられる。するともう、お正月どころではない。なによりも今日の健康が第一だ。

そういえば、むかし出した短歌の入門書に、「今日よりは明日《あす》」というタイトルをつけた。子どものころよく言われた「今日できることを明日にのばすな」という言葉がきらいだったからだ。今日できることを明日に持ち越したら、明日という日ははじめから×印がついてしまいそうで、今日という日を充分に楽しめない気がしたのだ。今日よりは明日もう少しがんばろう。今日よりは明日の方がいい日になるかもしれない。そんな思いをこめたタイトルだった。

あれから二十年近い歳月が流れ、自分の方針は少し変わった。「今日よりは明日」の「明日」が少々あやしくなったからだ。同年代のスターや友人の闘病や訃報が、決して珍しくなくなり、家族からは人間ドックをしきりに勧められる年齢になった。今日を充分楽しみたいと思う気持ちは同じでも、「今日よりは明日」ではなく、「明日はともかく今日」なのである。

著者別掲載頁

本書に収録したエッセイは、
読売新聞・火曜日夕刊の
「たしなみ」欄に掲載されたものです。
初出及び本書掲載頁は次のとおりです。

大下一真（おおした・いっしん）
一九四八年生まれ。歌人、僧侶。
二〇一七年四月二十五日〜二〇一八年十二月十一日
（p42 p76 p134 p182 p186 p194
p200 p222 p226 p234 p242）

小島ゆかり（こじま・ゆかり）
一九五六年生まれ。歌人。
二〇一六年四月二十六日〜二〇一七年三月二十一日
（p8 p12 p22 p26 p82 p90
p96 p208 p212 p220 p246）

柴崎友香（しばさき・ともか）
一九七三年生まれ。小説家。
二〇一五年四月二十八日〜二〇一六年三月二十九日
（p50 p56 p62 p74 p128 p132
p158 p164 p168 p192 p224 p236）

島本理生（しまもと・りお）
一九八三年生まれ。小説家。
二〇一七年四月十八日〜二〇一八年二月二十日
（p36 p58 p86 p102 p170 p176
p218 p232 p244）

松井孝典（まつい・たかふみ）
一九四六年生まれ。科学者。
二〇一五年四月二十一日〜二〇一六年三月二十二日
（p52 p66 p110 p118 p142 p150
p172 p178 p184 p202 p228 p238）

松任谷正隆（まつとうや・まさたか）
一九五一年生まれ。音楽プロデューサー。
二〇一六年九月十三日〜二〇一九年二月二十六日
（p14 p24 p34 p38 p46 p60
p88 p106 p124 p156 p160 p198）

ねじめ正一（ねじめ・しょういち）
一九四八年生まれ。作家、詩人。
二〇一五年四月十四日～二〇一六年三月十五日
（p10 p16 p28 p32 p80 p92
p100 p126 p130 p196 p204 p216）

野沢直子（のざわ・なおこ）
一九六三年生まれ。お笑い芸人。
二〇一八年四月十七日～二〇一九年三月五日
（p20 p40 p72 p108 p112 p116
p120 p138 p146 p162 p174 p210）

湯山玲子（ゆやま・れいこ）
一九六〇年生まれ。著述家、ディレクター。
二〇一五年四月七日～二〇一六年三月八日
（p48 p54 p64 p68 p78 p98
p114 p140 p144 p148 p152 p190）

扉イラスト・デザイン　文平銀座

『惚れるマナー』　二〇二〇年三月　中央公論新社刊

中公文庫

惚《ほ》れるマナー

2023年 3 月25日　初版発行

編　者　中央公論新社《ちゅうおうこうろんしんしゃ》

発行者　安 部 順 一

発行所　中央公論新社
〒100-8152　東京都千代田区大手町 1-7-1
電話　販売　03-5299-1730　編集　03-5299-1890
URL https://www.chuko.co.jp/

ＤＴＰ　嵐下英治
印　刷　三晃印刷
製　本　小泉製本

Published by CHUOKORON-SHINSHA, INC.
Printed in Japan　ISBN978-4-12-207344-9 C1195

考えるマナー

中央公論新社 編

〝ちゃんとしたおっさん〟になる方法から5本指ソックス姿を人目に晒すときの粋な履き方まで、大人を悩ますマナーの難題に作家・芸人・歌人ら12名がくりだす名（迷）回答集。小さなピンチを救う一冊。

中公文庫

楽しむマナー

中央公論新社 編

粋なおごられ方から成仏の方法まで、マナーの難題を作家・歌手・科学者ら13名がするっと解決！　愛を温めたい、気まずい空気を消したい……この一冊が、大人の心のコリに効く、楽しいマナー考（『マナーの正体』改題）。

中公文庫